古典詩歌研究彙刊

第四輯

龔鵬程 主編

第7冊

從《全唐詩》中六句詩看四句詩及八句詩之定體並附論六言詩

呂珍玉 著

國家圖書館出版品預行編目資料

從《全唐詩》中六句詩看四句詩及八句詩之定體並附論六言
詩／呂珍玉 著－－初版－－台北縣永和市：花木蘭文化出版社，
2008〔民97〕

序2+ 目2+186 面；17×24 公分（古典詩歌研究彙刊 第四輯；
第7冊）

ISBN 978-986-6657-37-5（精裝）
1. 詩法 2. 唐詩 3. 詩評
821.14 97012117

ISBN - 978-986-6657-37-5

9 789866 657375

古典詩歌研究彙刊
第四輯 第七冊　　　　　　ISBN：978-986-6657-37-5

從《全唐詩》中六句詩看四句詩及八句詩之定體並附論六言詩

作　　者	呂珍玉
主　　編	龔鵬程
總 編 輯	杜潔祥
出　　版	花木蘭文化出版社
發 行 所	花木蘭文化出版社
發 行 人	高小娟
聯絡地址	台北縣永和市中正路
	電話：02-2923-1455
電子信箱	sut81518@ms59.hinet.net
初　　版	2008 年 9 月
定　　價	第四輯 20 冊（精裝）新台幣 28,000 元

ISBN - 978-986-6657-37-5

9 789866 657375

從《全唐詩》中六句詩看四句詩及八句詩之定體並附論六言詩

呂珍玉　著

作者簡介

呂珍玉，1954 年生，臺灣省桃園縣人。東海大學文學博士，現任東海大學中文系教授，講授詩選、詩經、訓詁學等課程。著有《高本漢詩經注釋研究》、《詩經訓詁研究》、《古話新說》及〈詩經之敘述視點及視點、聚焦模糊詩篇詩旨問題探討〉、〈詩經末章變調詩篇研究〉、〈詩經中的名言研究〉等學術論文數十篇。

提　　要

　　傳統詩以四、八句和五、七言為主要形式，介於其間的六句詩和六言詩，由於數量少，而被人們忽視。本文即將這種少數詩體和定體貫串起來全面探討，一則釐清它們的形貌，填補傳統詩形式上被忽視的間隙部份，再則使我們對傳統詩的形式發展、藝術要求有更全面的認識。

　　本文以《全唐詩》中摘出的 699 首六句詩和 90 首六言詩為主要分析依據，並兼顧唐代近體形成前的詩歌發展。以數量較多的六句詩為探討主體，六言詩則附帶討論。全文綱要如下：

　　緒言：說明寫作動機和方法。

　　第一章：「中國詩的結構形式」，先界定使用名詞，再歸納傳統詩的「言」和「句」，以統計數字具體說明詩歌的形式演變，並提出兩句為單位的「聯」，決定傳統詩以偶數句為主。

　　第二章：「前人論六句詩的檢討和六句詩的歷史發展」，檢討前人對六句詩零碎概括的討論，使對六句詩有正確認識，並探討唐以前六句詩的歷史源流。

　　第三章：「全唐詩中六句詩的形貌」，分作者與篇數、使用字數、平仄黏對、押韻、對偶、內容等六項要點，分析 699 首六句詩的形貌。

　　第四章：「六句詩與四句詩及八句詩歷史源流的比較」，將六句詩和四句詩八句詩的歷史源流對照，探討彼此關係，及四句、八句詩形成定體的有利背景。

　　第五章：「六句詩與四句詩、八句詩架構及內容特點的比較」，分別從結構形式、平仄格律、內容特點比較六句詩和四句八句詩，探討四句八句詩何以成為定體，及六句詩在內容上的特點。

　　結論：綜述全文要點並提出六句詩和四句、八句詩在歷史發展過程中，沒有縱向承續關係，也沒有句數上的增減關係，由於具有濟四句、八句詩有時而窮的形成條件，所以能獨樹一幟的存在等結論。

　　附論六言詩：分數量、句式、起源發展、全唐詩中的六言詩、結論等幾項要點，將六言詩和六句詩一樣作全面系統化的探討。

目

次

自　序

　　《從全唐詩中六句詩看四句詩及八句詩之定體並附論六言詩》一書是民國七十九年珍玉在東海大學中國文學研究所的碩士畢業論文，曾榮獲國家科學委員會七十九年度研究成果獎。歲月如流，回憶本書的撰寫已是二十年前的往事了。

　　這是我在生活最艱困的情況下完成的，也是我邁向學術旅程的第一本論文。大學畢業十一年後才讀研究所，生活的壓力，時間的壓力，常使我非常焦慮緊張。但能再回到學校研讀我最熱愛的中國文學，是我當時生活上最大的奢侈。至今我仍十分感恩在我生命的轉彎處，能幸運的遇到那麼多好老師，使我的人生道路走來更加平坦充實。

　　大學時我曾修習方師鐸先生所授聲韻學、訓詁學、語義與詞彙等課程，非常喜歡方老師的條理井然、深入淺出、幽默風趣的上課方式。就讀研究所時方老師已是七十六歲高齡了，依然好學風趣，著述不斷。老師晚年心力有很大一部份在研究唐詩詞彙與格律，撰有《淺說唐詩》、《唐詩的格律》等書。我因修習「唐詩格律」課程，而對唐詩詞彙與格律有些興趣，於是以本書為題，央求老師指導論文。那時論文每寫完一段落都要唸給老師聽，老師的眼睛雖然不好，耳朵、心力可是靈活得很，只要一有問題，老師立刻喊停，指出我的缺點，要我確實修改。老師的治學方法一向講求證據，不尚空談。本書的撰寫方

法，受到老師治學態度很大的影響；有幾分證據，說幾分話，實事求是。這本論文就在往返老師宿舍，無數次學生讀，老師聽，師母在旁加油打氣中完成。但我覺得自己不僅僅是完成一本論文，還結交了兩位指導我人生智慧的忘年之交。民國八十三年、九十年老師、師母相繼辭世，我永遠感激並懷念他們對我的提攜和關心。民國九十四年十月，東海大學中文系舉辦「緬懷與傳承—東海大學中文系五十年學術傳承學術研討會」，我以〈方師鐸先生唐詩的格律評介兼論三字尾問題〉為題紀念老師，並期勉自己能薪火相傳，發揚老師的學術和研究精神以嘉惠後學。

　　本書的完成都快二十年了，書中的許多論據與觀點，至今看來依然大致無誤，經得起時間的考驗，這都要拜老師教導用科學的研究方法之賜。因此我只就不合時宜的學術論文規範加以修正，以及就論文不足處作了一些補充。本書得以出版和廣大讀者見面，要特別感謝《古典詩歌研究彙刊》主編龔鵬程教授和花木蘭文化出版社主編杜潔祥先生、負責人高小娟小姐的費心與辛勞；也期望能以文會友，有更多的學術界同好，共同來研究中國古典詩歌的格律。

珍玉撰於東海大學

人文大樓 H541 研究室

2007 年 7 月 1 日

緒 言

　　當我們吟唱孟郊的〈遊子吟〉「慈母手中線，遊子身上衣。臨行密密縫，意恐遲遲歸。誰言草寸心，報得三春暉。」時，幾乎無人不油然而產生感念母愛偉大之心，但是很少人發現它只作六句，和我們最常看到的四句絕句，八句律詩句數並不相同。主要由於這種六句詩介於四句和八句之間，與四句八句詩句數沒有顯著的差別，因此不容易引起人們的注意。同時在讀傳統詩時，我們總是習慣於四句的絕句和八句的律詩，對於少數的六句詩，往往不是視而不見，就是以偶而形成，輕易帶過。因此我們看到所有文學史、詩歌史，無不以極大的篇幅討論四句的絕句和八句的律詩，而於六句詩大都支字不提。有關於六句詩的討論，只零碎、片段的出現在詩話和近人論著中。對於這種介於四句八句定體間的少量六句詩，它的數量如何？歷史淵源如何？形貌如何？與四句八句詩之間有沒有關係？為什麼不像四句八句詩成為定體等問題，都有待我們去尋找答案，這是屬於中國詩結構上主要成份「句」的問題。而像劉長卿的〈送陸灃歸吳中〉「瓜步寒潮送客，楊花暮雨沾衣。故山南望何處，秋水連天獨歸。」六字作一句，和我們平常讀來語氣自然的五、七言詩大異其趣，這則屬於中國詩另一主要成份「言」的問題。六言詩和六句詩一樣，一直不受重視，只在詩話中偶被提及，因此引發我們探討的動機，希望在研究傳統詩

最見的體式之餘，對於一些不常見的體裁，也能和數量居多數的定體貫串起來，作全面的探討。由於六句詩數量較六言詩多，因此本論文以它為討論的主題；而於數量較少的六言詩，則分句式、起源和發展、《全唐詩》中的六言詩、影響等幾個重點在文後附帶探討。

　　為了全面的探討中國詩「言」、「句」的發展歷史，我們採用比較客觀的方法，將《詩經》、《楚辭》、《先秦漢魏晉南北朝詩》、《全唐詩》等，收集各時代詩歌最全的集子中每首詩的字數、句數一一統計，從數量上窺視中國詩歌「言」、「句」的發展歷史演變。宋以後的詩由於不出唐詩範疇，而且缺乏較全的輯本，不便統計，因此我們的討論止於唐代。又由於唐詩為中國詩的集大成，各種詩體的全部形貌，只有到了唐代才形成，因此我們以《全唐詩》中的 699 首六句詩和 90 首六言詩為形貌分析主體，並在附錄中標出它們在《全唐詩》的頁碼，方便後人研究。或許有人認為根據這些書面紀錄所做的統計，與實際形貌和數量，難免還有距離，但這已經是目前最為接近真象的依據標準。

　　我們希望從統計數字中，除了看出中國詩「言」、「句」在各時代的演變趨勢和整體現象外；也將六言、六句詩和屬於定體的五、七言詩、四、八句詩做了明顯的對比。由數量上的不成比例，雖可說明一般人喜歡的「言」、「句」形式為五、七言和四、八句，但這樣的「言」、「句」形式，本身必然具有相當優異的條件，為六言、六句詩所不具備。在傳統詩歌中，六言詩以楚騷體為代表，它和以四言為主的《詩經》，都屬於偶字句，比奇數句的五、七言起源更早；但自奇數句的五、七言詩興起於兩漢，偶字句就開始逐漸沒落，到了詩歌最勝的唐代，絕少看到的偶字句的詩，主要由於這種偶字句的詩，句式單調，缺乏變化，在創作上受到局限，因此無法普遍。六句詩則幾乎全為五七言奇字句，沒有六言詩偶字句句式上的缺點，它無法像四句、八句詩成為定體，主要由於歷史淵源和架構上的條件不如四、八句詩。按理說在講求結構形式和平仄格律的近體詩以前，各種句數的詩都具有

相當的偶然性，但事實並非如此。四句詩的數量，從《詩經》起經先秦、漢、魏、晉、宋一直居句數形式首位，而八句詩雖然在這段時間內，數量不及四句詩；甚至在《詩經》、先秦、漢代數量還不及六句詩多，可是到了齊梁以後卻突然猛增，而六句詩除了在《詩經》時代數量僅次於四句詩外，漢以前數量雖較八句為多，但也只有極少量。從數量的比例和消長情形，顯示出在歷史源流上它們的形成條件各不相同，因此我們從歷史源流上把六句詩分成先秦至晉、南北朝至隋兩階段探討，一則將不為人所注意的六句詩之起源和發展情形釐清，再則將它和四句、八句詩的歷史淵源加以對照，探討四句、八句詩的歷史源流，和六句詩形成上的關係，以及成為定體的原因。而在近體格律形成之後，合律的絕、律講求嚴不可犯的形式，四句詩正好符合齊梁以後至初唐文人，不斷實驗創新的平仄黏對基本結構，所以成為近體詩主要的句數形式之一。八句律詩，在句數上最均衡對稱，並且適合文意的安排；在節奏上又是四句詩基本結構重複一次，最為適中，因此在唐詩中數量最多。六句詩由於不具備近體格律的條件，所以在格律詩形成以後，仍然只是一種少數的詩體。

　　胡適在〈國學季刊發刊宣言〉曾提出索引式的整理、結賬式的整理、專史式的整理等三種系統整理國故的方法。〔註1〕本文即採結賬式的方法，替大家所忽視的六句詩結總賬，把它的成績公佈出來。雖然它只能算是一種賠錢的詩體，但是在詩歌史上也和其他詩體同具意義。我們將一向隱晦不為人所留意的六句詩形貌釐清，並由它探討中國詩四句、八句形成定體之因，當不至於毫無價值與意義。

〔註1〕見《胡適文存》第二集卷一。

第一章　中國詩的結構形式

　　中國詩是利用中國文字的特性，凝鍊出來的一種精緻而特殊的文學表達形式。從信史可徵的《詩經》開始，演進到唐代的近體詩，它在字、句、平仄、押韻方面，不斷摸索創新，終至各體並備，成為一個詩的國度。對於中國詩的結構形式，尤其最主要的成分「字」和「句」如何組合，它們的演變情形如何，有加以探討的必要。本章擬先界定論文中使用的幾個名詞，然後從「言」和「句」探索中國詩歌的形式演變，最後提出「聯」在詩中的特有作用；由於詩從兩句的「聯」為單位擴大出去，因而影響中國詩趨向於偶數句。

第一節　使用名詞界定

　　為了避免論文進行過程中，再費詞對使用一一解釋，以及使讀者對本文使用名詞有一致的看法，以下先界定幾個名詞術語：

一、言

　　中國話絕大多數是單音節的語言，每一個音節都可以寫成一個方塊形的漢字，每個漢字也只能讀一個音節，這個既表音節之數，又表字形之數的單位，就叫做「言」。它是構成詩的最小單位，一首詩必須積言成句，積句成章。我們平常稱四言是四個字一句，五言是五個

字一句，七言是七個字一句（七言古詩中，偶爾會出現極少數七言以外的句子，但本文爲研究之方便，將它計入雜言。）雜言則每句字數不一定，而以三言、五言、七言相雜最爲常見，當然也有其他錯綜複雜的字數組合成句的情形。

二、句

所有的詩都由「言」構成，積「言」即成「句」。四言詩的一句是四個字，五言詩的一句是五個字，七言詩的一句是七個字。這幾個字一句，純爲讀詩時換氣，與意思的完全不完全無關，不同於說話或寫文章的句子，必須意義終結。

三、聯

我們平常說話，寫文章所用的句子，有長有短，極爲自由。但在作詩時因爲限於使用五言、七言句等，用這麼短的句子來表達意思，當然很不方便；於是就用上下兩個句子作爲一個單位，它們的意思不一定有關連，這相連的上、下句，上句叫做「出句」，下句叫做「對句」，上、下兩句合起來，就稱爲一「聯」

四、對

一聯的對句和出句平仄相反稱爲「對」，它的要求通常僅在節奏點上（七言爲二、四、六字，五言爲二、四字。）相對即可，不然即「失對」。

五、黏

相鄰的兩聯，上聯的對句和下聯的出句平仄相同稱爲「黏」，和「對」一樣通常只要求節奏點上平仄相同即可，不然即「失黏」。「黏」爲唐人近體照顧整體聯繫，在齊梁體基礎上所作的最大突破。

六、韻

作詩所依據的韻書，分成許多個押韻集團，每一集團有一個代表韻，有時候好幾個韻標明同用，我們稱這些作詩押韻時可以當成同一

韻，可以互相押韻的字爲韻。

七、押　韻

也寫作「壓韻」。作詩時於句末或聯末用韻，叫做「押韻」。除了少數例外情形外，通常押韻必須韻部相同或相通。詩歌因爲有押韻，所以具有節奏、聲調之美，同時方便於吟誦和記憶。

八、通　韻

兩個或兩個以上的韻部可以相通，或其中一部份相通，作詩時通韻可以互相押。例如平水韻的「一東」和「二冬」、「四之」和「五微」、「十四寒」和「十五刪」等可以通押。古體詩通韻較寬，近詩體偶爾也有通韻現象。

九、換　韻

也叫做「轉韻」，除「律詩」、「絕句」不可以換韻外，「古體詩」尤其是長篇「古體詩」，換韻較自由，既不限平聲韻、仄聲韻，也不限於鄰韻。轉韻時通常在換韻的那一聯出句先轉，接著聯末韻腳跟著轉。

十、古體詩

又稱「古風」，每篇不限字數和句數，不講求對偶和平仄。自《詩經》以下至漢魏六朝，唐代格律未形成以前之詩，都可以稱爲純式古風；唐以後，因受格律的影響，古詩中也常雜入近體的平仄、對仗或語法。「古體詩」的名稱是和「近體詩」對立的，唐以前雖有古體之實，卻無其名；通常說「古體詩」有兩個含義（一）專指漢魏六朝的詩（二）包括一切非格律的詩。本文探第二種說法。

十一、近體詩

又稱「今體詩」，它和「古體詩」是對立的。唐以後，因爲詩體的演進和科舉考試的關係，使得詩的格律逐漸趨於劃一，對於平仄、對仗、押韻和詩篇的字數，都有很嚴格的規定。這種依照嚴格規定的規律寫出來的詩，是唐以前所沒有的，所以叫做「近體詩」。近體詩

最常見的形式爲「律詩」、「排律」、「絕句」三種。

十二、絕　句

　　梁齊體二句爲一聯，四句爲一絕。〔註1〕到了唐朝，這種二韻四句之詩又可分爲近體絕句和古體絕句兩種；前者合於唐人近體格律，後者則不受近體格律的拘束。它和律詩產生的先後，爭論至今，未有定案。主張律詩產生在先的人，主要從音律、對仗的觀點，認爲絕句正好截律詩之半，或截首尾二聯，或前二聯，或後二聯，或中二聯；〔註2〕而主張絕句產生在前的人，主要從唐代近體絕句形成以前，已有四句之詩名爲絕句或斷句，截律說無法向歷史交代，批評截律說錯誤。〔註3〕據此論點，更指出絕句有特定來源的，主要有以下諸說：（一）絕句從古詩、歌行來。〔註4〕（二）絕句從樂府摘取一解來。〔註5〕（三）絕句從聯句中取一段來。〔註6〕

　　近人王力則折衷兩說以爲古體絕句產生在律詩之前，近體絕句產生在律詩之後，〔註7〕雖然兼顧了歷史和音律對仗，但是對於近體絕

〔註1〕見錢木庵《唐音審體》（丁仲祜編訂《清詩話》，台北：藝文印書館，1971年10月初版），頁3。

〔註2〕主此說主要的有元代傅與礪《詩法源流》、范德機《詩格》，明代徐師曾《文體明辨》、吳訥《文章辨體》、清代王士禎《帶經堂詩話》、施補華《峴傭說詩》，後人絕截律說，大體承襲他們的說法。

〔註3〕如清代董文渙《聲調四譜》卷末，主絕句之名，唐以前即有之，徐東海撰《玉臺新詠》，別爲一卷。清代趙翼《陔餘叢考》卷二十三絕句條下，舉南朝五、七言絕句八首，第一首即爲（宋）晉熙王昶的「斷句」。後人大致也承襲他們的說法，認爲從歷史淵源上絕句產生在先，截律說不合歷史事實。

〔註4〕王夫之《薑齋詩話》：「五言絕句，自五言古詩來，七言絕句，自歌行來，此二體本在律詩之前，律詩從此出，演令充暢耳。」（丁仲祜編訂《清詩話》，台北：藝文印書館1971年10月初版）卷下頁9。

〔註5〕見孫楷第撰〈絕句是怎樣來的〉一文，原載《學原》一卷四期，收入所著《滄州集》卷五，（北京：中華書局，1965年12月1版1刷。）

〔註6〕見羅根澤撰〈絕句三源〉一文，收入所著《羅根澤古典文學論集》，（上海：上海古籍出版社，1985年7月1版1刷。）

〔註7〕見王力《中國詩律研究》（台北：文津出版社，1987年8月出版），頁40。

句產生在律詩之後的說法，仍然值得商榷。因爲南北朝詩歌，不論四句或八句在對偶和律詩方面已大量出現，唐人近體的五言絕句和五言律詩，應該是分別從南北朝對仗工整的五言四句體及五言八句體發展出的。〔註8〕至於絕句是從古詩、樂府或聯句來，我們認爲它的途徑不是唯一的，而是多元的，三者對絕句的形成，可能都有影響。

十三、律　詩

　　分廣狹兩義，就廣義而言，凡合乎近體格律的絕句、排律（十句以上的律詩）都可稱爲律詩，並不限於八句。但本文採狹義的說法，專指合乎近體格律平仄黏對押韻，中間兩聯對仗的八句詩。律詩每兩句爲一聯，第一、二句爲「首聯」，第三、四句爲「頷聯」，第五、六句爲「頸聯」，第七、八句爲「尾聯」。律詩的第一句可押韻，也可不押韻，縱使押韻也不計入，因此律詩四聯共押四個腳韻，所以又稱「四韻詩」。

十四、樂　府

　　「樂府」的意思很複雜，在不同的時代裡，含有不同的意思。它本指古代音樂官署，「樂府」一名，始於西漢，惠帝時已有樂府令，至武帝時始建立「樂府」，擴大編制，除了主管宮廷巡行、祭祀所用的音樂之外，又負有採集民歌，配以樂曲，並從事各種演唱的職責。由於「樂府機關」所收集、整理、配樂、演唱的樂曲，深受皇室、貴族、豪門、文士的歡迎，大家就把這一類的歌辭稱爲「樂府」。樂府這種詩體，最初指「樂府官署」所采集、創作的樂歌，後來用來稱魏晉至唐代可以入樂的詩歌和後人仿效樂府古題的作品，甚至中唐白居易等提倡的「新樂府」都可以叫「樂府詩」。宋元以後的詞、散曲和劇曲，因爲配合音樂，有時也稱樂府，但不在本文討論範圍。由於古樂的散失，要考究古詩和樂府並不容易，現在我們大都以是否收入宋、郭茂倩所編的《樂府詩集》作爲認定的標準，或者就詩篇的命題、內容性質加以判斷。

〔註8〕見李立信撰〈從詩歌發展史立場看絕截律半說〉一文結語，《古典文學》第九集，1987 年 4 月。

第二節　從「言」和「句」探索中國詩歌的形式演變

　　「言」和「句」爲詩歌最基本的要素。積言成句，積句成章，加上平仄、用韻、對偶，乃形成迄今有千年歷史的中國詩。因爲漢字的特性是一字一音節，十分適合排比成聲調和諧、意義對偶的詩，因此中國詩只能建立在漢字的基礎上才可能發展。

　　在印刷術發明之前，詩歌很可能沒有固定的字句，它或許只是老百姓全憑興致，隨口而唱，無固定字句，篇幅長短不拘的歌謠。後來雖然書於竹帛，但每個人傳抄的內容、句數，往往也不一致，未若印刷術發明後，書籍內容統一，而且數量又多。因此今天我們能將一首詩的字、句定型化的加以研究，這要拜印刷術的功勞。本章探索詩歌「言」和「句」的演變，即因此而有依據的標準，這是首先要加以說明的。

一、中國詩歌「言」的演變

　　先民的歌謠形式極其自由，只求能表情達意，像相傳帝堯時的〈擊壤歌〉「日出而作，日入而息，鑿井而飲，耕田而食，帝何力於我哉！」雖然根據梁啓超的考證，這類流傳下來的古歌謠，大都爲後人僞作。〔註9〕但是當詩歌初起，先民使用長短不一的字句，抒發內心的情感，從詩歌發展的原理看，應當是可以相信的。一直到《詩經》，中國的詩歌才大致以四言一句的體式居多，然亦有雜以一言、二言、三言、五言、六言、七言、八言不等的詩句。〔註10〕這

〔註9〕見梁啓超《中國之美文及其歷史》第一章〈秦以前之歌謠及其眞僞〉，（台北：台灣中華書局，1956年台1版）。

〔註10〕沈德潛《說詩晬語》卷上：「三百篇中四言自是正體。然詩有一言，如緇衣篇『蔽』字，『還』字，可頓住作句，是也。有二言，如『鱣鮪』、『祈父』、『肇禋』是也。有五言，如『誰謂雀無角』、『胡爲乎泥中』是也。有六言，如『我姑酌彼金罍』、『嘉賓式燕以敖』是也。至『父曰嗟予子行役』、『以燕樂嘉賓之心』，則爲七言。『我不敢傚我友自逸』，則爲八言。短以取勁，長以取妍，踈密錯綜，最是文章妙境。」

一時期除了以全章作四言的詩最多外，其次是雜言；〔註11〕從《詩經》開始，中國詩歌明顯的分成齊言、雜言兩條路線向前發展。

　　由於《詩經》的四言由兩個雙音節組成，音節短促單純，而且因爲字數少，不易表達複雜的情感，於是戰國時屈原等人的《楚辭》，乃在《詩經》或民間歌謠的基礎上進行加工，打破《詩經》以四言爲主的格調，創造出一種新的詩歌形式。除了用較多的句數，表達複雜的思想感情之外，每句字數也是參差不整。一般都是六言，或雜以四、五、七、八、九言不等，並且多用兮、些、只於句中或句末，以爲詠嘆。

　　秦漢以來，雖然還有人繼續寫四言詩，不過這種單調平板的形式，已不能適應日益繁雜的事務和容納更多新語彙來滿足詩人的要求，〔註12〕所以雜言樂府和較有規律性而更靈活的五七言形式，便應時而產生了。

　　關於五、七言詩的產生，可以說是詩歌史上最重要的問題。自漢代以後，中國詩歌就逐漸以這兩種形式爲主流，迄今仍成爲中國詩歌「言」的主要形式。所以不管詩話、文學史、詩歌史、期刊論文等，都不乏五、七言詩起源的討論，尤其是五言詩起源的討論，更是多不勝舉，由於這個問題並非本文重點。而且原則上我們總認爲各種文體的產生是多源的，它不可能始於某人，也不能確定從某種體裁衍生而來，對於很多例外現象我們無法交代清楚，所以我們寧願持比較保守的看法。不過本節既是討論中國詩「言」的演變，對於那麼重要的五、七言起源問題，總要略微說明一下。

　　關於五言詩起源的各種說法，以羅根澤〈五言詩起源說評錄〉一文〔註13〕，蒐集最爲詳備，他舉晉代摯虞等十三家之說，並一一加以

〔註11〕見 16 頁統計表，四言詩共 767 章，占全部《詩經》1144 章的 67%。雜言詩共 361 章，占全部《詩經》1144 章的 31.6%。

〔註12〕鍾嶸《詩品》序：夫四言文約意廣，取效風騷，便可多得，每苦文繁意少，故世罕習焉！五言居文詞之要，是眾作之有滋味也。……」即證四言缺失。

〔註13〕原載《河南大學文學院季刊》第一期，收入《羅根澤古典文學論文

批評，我們將這十三家的說法，歸納成下面八條：

1. 源於《詩經》

    （晉）摯虞《文章流別》。

2. 起於陸賈所記的《楚漢春秋》九篇

    （宋）王應麟《困學紀聞》。

3. 起於枚乘

    （梁）劉勰《文心雕龍》、（宋）蔡居厚《詩話》。

4. 起於蘇武、李陵

    （梁）鍾嶸《詩品》、（梁）任昉《文章緣起》、（梁）蕭統《文選》、（唐）白居易〈與元稹書〉、近人李步霄《文學論》。

5. 起於楚、漢紛爭之際

    近人朱偰〈五言詩起源問題〉。〔註14〕

6. 起於西漢初歌謠

    近人黃侃《詩品講疏》。

7. 成立於後漢章、和之際

    （日本）鈴木虎雄〈五言詩發生時期之疑問〉。〔註15〕

8. 成立於建安時代

    近人徐中舒〈五言詩發生時期討論〉。〔註16〕

羅氏除了批評這十三家的說法錯誤，主張五言詩出於歌謠外，並根據考訂結果，提出五言詩的簡明進行表爲：

> 公元前二、三十年（西漢成帝時），已有純粹五言歌謠，爲五言詩之原始時期。

> 公元七、八十年（東漢章和時），已有文人五言詩，爲文人初作五言詩時期。

> 公元一百四、五十年（東漢桓靈時），已多優美之五言詩，

集》，（上海：上海古籍出版社，1985 年 7 月 1 版 1 刷。）

〔註14〕朱偰文見《東方雜誌》23 卷 20 號。

〔註15〕陳延傑譯文分別載《小說月報》17 卷 5 號、《語絲》5 卷 33 期。

〔註16〕徐中舒文見《東方雜誌》24 卷 18 號。

為五言詩全盛時期。

公元二百年後（漢魏之交），五言詩籠罩一時詩壇，為五言
詩全盛時期。

他這種說法確實較前諸說具有彈性，也頗合詩歌發展原則。近人蕭滌
非《漢魏六朝樂府文學史》〈論五言出於西漢民間樂府不始於班固〉，
〔註17〕主張五言詩出於民間樂府，同時也彈性的將五言詩的發展分為
四期：

五言之孕育時期（漢初迄武帝）。

五言之發生時期（武帝迄宣帝）。

五言之流行時期（元成迄東漢初）。

五言之成立時期（東漢中葉迄建安）。

但稍異於羅氏的四階段進行表。我們看前人對五言詩起源的說法，除
了羅氏所舉的十三家外，還有各種不同的說法。總歸起來，不是過於
拘泥出於某個人、某一體，就是在討論範圍上，缺乏共同的焦點，因
此有「源於、起於、成立於」、「原始時期、孕育時期」、「完成時期、
成熟時期、流行時期」等等無法畫上等號的範圍名稱，因而造成治絲
益棼的討論結果。

　　至於七言詩起源的討論，遠不及五言多，以余冠英〈七言詩起源
新論〉、〈關於七言詩起源問題的討論〉〔註18〕及羅根澤〈七言詩之起
源及其成熟〉〔註19〕三文，和蕭滌非《漢魏六朝樂府文學史》所論較
具代表，我們將有關討論歸納成下面三條：

1. 由楚辭系蛻變而來

　　（明）胡應麟《詩藪》以「九歌」為七言所自始，梁任公《中
國之美文及其歷史》、陳鍾凡、《漢魏六朝文學》、容肇祖《中國文

〔註17〕見蕭滌非《漢魏六朝樂府文學史》第一編第四章，（北京：北京人民
　　　　出版社，1984 年版。）

〔註18〕二文俱見氏著《漢魏六朝詩論叢》，收入楊家駱主編《中古文學概論
　　　　等五書》，（台北：鼎文書局，1977 年 2 月初版）。

〔註19〕收入《羅根澤古典文學論集》，（上海：上海古籍出版社，1852 年 7
　　　　月 1 版 1 刷。）頁 167 至 209。

學史大綱》、日人青木正兒《中國文學概說》均主張像曹丕的〈燕歌行〉那樣具體完整的七言詩，淵源於《楚辭》。他們所持的論點有（1）《楚辭》句法和七言相近，由《楚辭》渡到七言詩其勢甚順。（2）漢人七言詩有雜「兮」字的，可見出七言詩由《楚辭》蛻嬗的痕跡。

2. 由西漢歌謠來

余冠英〈七言詩起源新論〉結論說：我們承認《楚辭》句法有近於七言詩之處，《楚辭》體未嘗無蛻變爲七言詩體的可能，但雖有此可能，并未產生此事實。事實上七言詩體的來源是民間歌謠。（和四五言同例）。七言是從歌謠直接或間接升到文人筆下而成爲詩體的，所以七言詩體制上的一切特點都可在七言歌謠裡找到根源。所以，血統上和七言詩比較相近的上古詩歌，是〈成相辭〉而非《楚辭》。至於七言詩產生的時期，應是西漢，不似一般所想像的晚到張衡時。東方朔劉向都是七言詩作者，各存有少數斷句。〈柏梁臺聯句〉也可能是一首西漢詩。

羅根澤〈七言詩之起源及其成熟〉和余冠英持相同的看法，都不否認七言由騷體詩蟬蛻而來，並且主張七言詩由歌謠產生，還將它的發展製成進行表如下：

西漢元、成、哀、平時代（公元前48～5年）爲由騷體變爲七言詩時期，即七言詩發生時期。

東漢中世前後（約公元100年前後）爲七言歌謠成熟時期。

東漢之末（約公元160年前後）爲文學家作七言詩時期。

魏末晉初（約公元260年前後）爲七言詩成熟時期。

3. 萌芽於西漢樂府，成熟於曹丕燕歌行

蕭滌非《漢魏六朝樂府文學史》：「要而論之，樂府中之七言歌行，蓋稟命於《楚辭》，萌芽於〈安世〉、〈郊祀〉，而成熟確立於曹丕之〈燕歌行〉。與民間未嘗入樂之七言謠諺無涉。此其大略也。至鮑明遠氏出，更別出機杼，自成一格，所作〈行路難〉十九首，下

開隋唐七言歌行之先路，爲七言演進中之又一大轉變。而有唐之世，則七言歌行外，更有七言絕、七言律、七言排律諸體之興起，於是七言始獲充分之發展……。」〔註20〕除了否認七言起於謠諺說外，並略述七言詩演變歷史。

　　總結前人對七言詩產生的討論，除了有起於歌謠、樂府之爭外，時間上大都主張在西漢時。一般人常誤以爲五言句子短，起源必較七言爲早，事實上並非如此。由於漢代七言詩句句爲韻，七個字就成一句，比隔句爲韻的五言詩十個字一句，顯得更短，因此七言詩的起源似乎比五言更早，至少是和五言同時。〔註21〕大致上說五、七言詩在西漢時已產生，是可以相信的，不過五言詩的成熟，要到漢末建安時的〈古詩十九首〉，而七言詩從漢武帝（或稍後）時的〈柏梁聯句〉爲句句用韻，經曹丕的〈燕歌行〉後，幾成絕響，一直到南朝鮑照才開隔句用韻之法，得到發展，這是五、七言詩發展的概略情形。

　　自從漢代五、七言詩興起後，《詩經》的四言，《楚辭》的六言偶數言體，開始逐漸的被奇數言體所取代。爲了進一步全面的看出中國詩「言」的演變，我們將《詩經》至唐代詩歌使用字數情形，製成統計表，做爲說明。〔註22〕

〔註20〕見蕭滌非《漢魏六朝樂府文學史》，（北京：北京人民出版社，1984年3月1版1刷。）頁137至138。

〔註21〕同註7，見王力《中國詩律研究》，頁15至16。

〔註22〕統計的依據：《詩經》採新興書局62年9月版校相台岳氏本《毛詩鄭箋》、《楚辭》採四部叢刊初編《楚辭十七卷》、先秦至隋詩採學海出版社73年5月版，逯欽立輯校《先秦漢魏晉南北朝詩》、唐詩採文史哲出版社76年12月版，清聖祖御定《全唐詩》（含補遺和全唐詩逸，至於不完整的句和不屬於詩的詞，以及讖記、語、諺迷、謠、酒令、占辭、蒙求等比較不像詩的篇章未予計入。樂府部份的詩篇全部併入本集，以免重複，至於同時收入好幾個人集中的詩篇，因爲有些未加註，核對不易，都重複計算。）這只是就目前書面資料收集比較齊全者爲統計依據，許多散佚的詩篇我們爲統計的方便，是無法兼顧的。

從《詩經》時代至唐代中國詩字數的演變統計表

字數 首數 比率 時代	四言	五言	六言	七言	雜言	其他	總計
詩 經	767 67%	9 0.8%	0	0	361 31.6%	7 0.6%	1144
楚 辭	3 4.6%	7 10.7%	1 1.5%	0	54 83.1%	0	65
先 秦	141 45.8%	15 4.9%	7 2.3%	16 5.2%	122 39.6%	7 2.3%	308
漢	148 21.7%	159 23.4%	14 2.1%	84 12.3%	203 29.8%	73 10.7%	681
魏	129 25.5%	252 49.9%	23 4.6%	26 5.1%	61 12.1%	14 2.8%	505
晉	850 36.9%	1109 48.1%	28 1.2%	90 3.9%	187 8.1%	41 1.8%	2305
宋	127 13.7%	651 70%	1 0.1%	33 3.6%	101 10.9%	17 1.8%	930
齊	140 26.1%	329 61.7%	1 0.2%	21 3.9%	18 3.4%	28 5.2%	537
梁	222 9.2%	1921 79.9%	7 0.3%	113 4.7%	125 5.2%	15 0.6%	2403
陳	16 2.6%	528 86.6%	2 0.3%	39 6.4%	23 3.8%	2 0.3%	610
北 魏	64 32%	78 39%	4 2%	11 5.5%	39 19.5%	4 2%	200
北 齊	54 26.5%	90 44.1%	1 0.5%	14 6.9%	32 15.7%	13 6.4%	204
北 周	29 6.6%	366 82.8%	10 2.3%	16 3.6%	11 2.5%	10 2.3%	442
隋	58 12.5%	347 74.8%	0	18 3.9%	35 7.5%	6 1.3%	464
唐	812 1.7%	27712 56.6%	90 0.2%	19013 38.9%	1217 2.5%	90 0.2%	48934

　　從上面的統計數字，我們可以歸納出中國詩「言」的演變，大略有以下幾種現象：

1. 先秦以前幾乎是四言和雜言的天下。
2. 漢以後五言逐漸取代四言的地位。
3. 魏以後至唐，五言詩的數量一直遙遙領先，可見它是最受歡迎的形式。
4. 七言詩雖說興起於漢代，但是在唐以前，它的數量一直不多，這一點是很奇怪的現象，也是很值得注意的。
5. 六言詩的數量一直不多，我們在本論文後附論六言詩中再探討。
6. 雜言詩在漢以前數量還相當多，漢以後數量銳減，亦說明中國詩自漢以後有漸趨整齊的趨勢。

二、中國詩歌「句」的演變

　　和言的情形一樣，詩歌最早於句數多少同樣不加限制，但求達意而已。古歌謠因流傳不易，暫且不說，就拿信史可徵的《詩經》來說，也出現從二句到三十八句不等的詩句，表現出早期詩歌的自由性。以後歷經漢、魏、南北朝，詩體逐漸發展愈趨定型，直到唐代近體格律成熟，詩篇句數多少，雖不影響內容，但卻影響詩體的名稱，如四句的稱絕句、八句的稱律詩、十句以上的稱排律〔註23〕等等。對於中國詩「句」的演變，如何發展到唐代以八句和四句的律詩、絕句為主，其發展的過程如何呢？我們將各時代詩歌句數製成統計表，希望能做一個縱面的歷史剖析。〔註24〕

〔註23〕排律的句數有不同的說法，王力《中國詩律研究》頁23說「排律就是十句以上的律詩」，洪順隆〈排律起源考〉一文（載大陸雜誌67卷1期）說「……就句數而言，它要十二句以上。」這裡我們採用王力的說法。
〔註24〕統計的依據和標準同註22。

從《詩經》時代至唐代中國詩句數的演變統計表

句數／首數／比率／時代	二句	四句	六句	八句	十句	十二句	十四句	偶十四句以上數	奇數句	總計
詩　經	6 0.5%	378 33%	249 21.8%	214 18.7%	59 5.2%	45 3.9%	7 0.6%	5 0.4%	181 15.8%	1144
楚　辭	0	0	0	0	0	0	1 1.5%	48 73.8%	16 24.6%	65
先　秦	84 27.3%	71 23.1%	25 8.1%	14 4.6%	3 1%	3 1%	3 1%	9 2.9%	96 31.2%	308
漢	171 25.1%	109 16%	51 7.5%	49 7.2%	38 5.6%	26 3.8%	16 2.3%	84 12.3%	137 20.1%	681
魏	82 16.4%	55 11%	26 5.2%	53 10.6%	42 8.4%	57 11.4%	22 4.4%	104 20.8%	60 12%	501
晉	215 9.4%	538 23.5%	98 4.3%	513 22.4%	161 7%	175 7.6%	82 3.6%	356 15.5%	154 6.7%	2292
宋	45 4.8%	224 24.1%	31 3.3%	164 17.6%	64 6.9%	61 6.6%	50 5.4%	212 22.8%	79 8.5%	930
齊	27 5%	116 21.6%	8 1.5%	193 35.9%	57 10.6%	64 11.9%	11 2%	52 9.7%	9 1.7%	537
梁	54 2.2%	520 21.6%	183 7.6%	681 28.3%	366 15.2%	139 5.8%	88 3.7%	302 12.6%	70 2.9%	2403
陳	12 2%	88 14.4%	32 5.2%	301 49.3%	56 9.2%	40 6.6%	20 3.3%	49 8%	12 2%	610
北　魏	39 19.5%	39 19.5%	3 1.5%	59 29.5%	8 4%	5 2.5%	3 1.5%	22 11%	22 11%	200
北　齊	27 13.2%	26 12.7%	6 2.9%	53 26%	8 3.9%	39 19.1%	2 1%	28 13.7%	15 7.4%	204
北　周	6 1.4%	74 16.7%	9 2%	133 30%	58 13.1%	48 10.9%	33 7.5%	77 17.4%	4 0.9%	442
隋	13 2.8%	83 17.9%	23 5%	116 25%	57 12.3%	44 9.5%	11 2.4%	102 22%	15 3.2%	464
唐	逸句未統計	13278 27.1%	699 1.4%	22579 46.1%	787 1.6%	2642 5.4%	582 1.2%	7918 16.2%	449 0.9%	48934

由這個統計表，對於中國詩「句」的演變，我們歸納出以下幾種現象：

1. 兩句的詩在先秦、漢、魏時代為數很多，是因為謠諺或引自類書、舊籍的殘句之故，就目前所收最全的資料，我們只好將它計入，或許還不致影響整個統計的正確性。

2. 《詩經》以四句的詩篇最多，其次是六句，句數大多數在十句以下，奇數句的詩不少。

3. 《楚辭》句數全在十四句以上，奇數句詩仍然很多。

4. 先秦時代奇數句詩數量最多，其次是四句詩，詩的篇幅很少超過十句以上。

5. 漢、魏古詩使用十句以上的長篇幅比率較以往大增。奇數句詩在漢代數量仍多。

6. 魏以前四句詩一直都比八句詩數量多，到了晉，八句詩逐漸增多，奇數句詩顯著減少。

7. 齊時八句詩顯著增加，遠超過四句詩，可見八句詩在這個時期極被推廣，也漸成定體，在此以後八句詩遠超過四句。

8. 六句詩在《詩經》中占 1/5 強，但以後則一直不多。

第三節　「聯」的作用

前兩節我們從中國詩構成的基本要素「言」和「句」看詩體的形式演變，得到的結論是：在《詩經》以前，先民歌謠可能還不注意字、句的組合，到了《詩經》時代，才趨向於以四言和四句、六句、八句為主要形式。漢、魏以後，五言逐漸取代偶數的四言。魏以後，奇數句詩逐漸為偶數句詩所取代。直到唐代格律詩形成之後，不論長篇短製，都喜歡以奇數的五、七言和偶數句，尤其是八句、四句的結構來表達，這是中國詩歌在形式上的演變經過。

無可否認中國詩的組織是逐漸的由不固定的形式，演變成絕大

多數為字奇句偶的結構。字數所以要奇，是因為這樣才能多出一個單音節，可以和雙音節靈活搭配，音節可以變化多端（我們在附論六言詩探討句式時再詳細的分析）；句數所以要偶，是因為詩的性質講求對偶，兩句兩句並列，才見形式和音節的對稱，如此字句不僅奇偶靈活搭配，而且對偶節韻也非常整齊。大致說中國詩從魏以後，幾千年來都不出這樣字奇句偶的形式，正足以說明這樣的形式結構受大眾歡迎，及其優越性。

　　雖然「字」和「句」為詩的基本要素，而且一首詩的表達，能簡，則盡量用最少的字句表達，像明人楊慎收集的《古今謠諺》，絕大多數作一句或二句；《詩經》偶而也有二句三句為一章的，但是詩因為經過長期的蘊釀和配樂的緣故，不能像簡短而含義深遠的謠諺，不受任何拘束，也不能一直因襲《詩經》，利用複沓，反覆歌詠，以表達比較豐富的情感，所以我們一般所看到的詩起碼要在四句以上，才能完整的將意思表達清楚。譬如王維的〈九月九日憶山東兄弟〉詩，如果只有「獨在異鄉為異客」一句，人家並不能瞭解在異鄉做客怎麼了，有了下一句「每逢佳節倍思親」，人家才知道原來是在異鄉做客，遇到佳節更加想念親人，意思是清楚了，不過還有未完全的感覺，因此又從這一聯，再加以擴大，加上「遙知兄弟登高處」、「遍插茱萸少一人」兩句，從對面描寫家人此時的感覺，更能襯托出自己在異鄉之孤單寂寞，這樣四句寫完，意思才能豁然開朗。如此以兩句為一組的句子，我們就稱它為「聯」。「聯」有固定句子的作用，我們看漢魏以前數量不算太少的奇數句詩，後來逐漸為偶數句詩所取代，正是由於它不具備這樣的優點。以曹丕的〈燕歌行〉為例：「秋風蕭瑟天氣涼。草木搖落露為霜。群雁辭歸雁南翔。念君客遊多思腸。慊慊思歸戀故鄉。君何淹留寄他方。賤妾煢煢守空房。憂來思君不敢忘。不覺淚下沾衣裳。援琴鳴絃發清商，短歌微吟不能長。明月皎皎照我床。星漢西流夜未央。牽牛織女遙相望。爾獨何辜限河梁。」七言十五句，句句押韻。奇數句和句句入韻，使得篇中某些句子可以活動，不一定要

在固定的位置。奇數句詩由於不具備完整的聯，無法兩句兩句並列，形式和音節也不全是對稱出現，因此逐漸沒落，無法與偶數句詩競爭。我們看魏以後奇數句詩逐漸減少，除了在樂府民歌中，還偶而見到奇數句詩外，文人所作的詩，絕少再使用奇數句，造成這種現象的原因，很可能受到漢賦講求排偶的影響。到了南朝，隨著俳賦和對偶觀念的盛行，偶數句從此更成為詩歌句數的主要形式，實足以說明中國詩「句」的演變趨勢。

　　「聯」除了有固定句子，使句子均衡對稱的作用外，還可以用來表示韻數。七言詩通常習慣於首句押韻，〔註25〕因此我們以首句入韻為正格，那麼它的一聯就包含兩韻；五言詩則以首句不入韻，隔句用韻為正格，但不論五、七言詩，首句入韻，通常是不被計入的。詩歌在獨句難以成韻的情況下，因此以「聯」為單位，又因獨韻難以成篇，所以必須一聯一聯的擴充下去，才能將詩的意思，明白而完整的表達出來。（清）錢木庵《唐音審體》說：「齊梁體二句一聯，四句一絕，……」，〔註26〕吳喬《圍爐詩話》也說：「詩家常言有聯有絕，二句一聯，四句一絕。」，〔註27〕都在說明「聯」為詩構成的基本環節，假如加上它又具有表示「韻」數這項作用，於是各種詩體的聯數和韻數如下：

〔註25〕這種現象王力在《中國詩律研究》討論近體詩首句入韻時，以統計的方法解釋五律與七律首句入韻的不同，以為五言詩自古是隔句為韻，而七言詩卻是句句為韻，受到不同的歷史背景影響。近人林雙福〈近體詩首句用韻問題〉一文（見《幼獅月刊》48 卷 3 期），則主張五律首句以不入韻為常，七律首句以入韻為常，只不過是偶然現象，除此之外，於「黏」、「對」也提出和王力不同的看法。王運熙〈七言詩形式的發展和完成〉一文（見復旦學報 1956 年第 2 期），則主張七言句在音樂節拍上，相當於三、四、五言的兩句，所以五言及四言詩以隔句用韻為一般情況，七言詩當然應以每句用韻為一般情況了。

〔註26〕同註 1，見錢木庵《唐音審體》頁 3。

〔註27〕見吳喬《圍爐詩話》卷一葉 29，（台北：廣文書局，1969 年 9 月初版）。

絕　句：	二　　聯	二　　韻
小　律：	三　　聯	三　　韻
律　詩：	四　　聯	四　　韻
排　律：	五聯以上	五韻以上

　　由於「聯」以兩句為一組，因此由它擴充出去的詩篇，必然都作偶數句，傳統詩之所以以偶數句居多，正是因為受到「聯」的影響。而在偶數句詩中，又以二聯的絕句、四聯的律詩和偶數聯的排律或古詩居多，單數聯的三韻小律、排律、古詩較不常見（我們在第五章討論架構時再詳論），這透露出「聯」對於傳統詩的句數有決定性的影響。

第二章　前人論六句詩的檢討和六句詩的歷史發展

　　六句詩由於數量少，因而在詩歌發展過程中未受到人們的矚目。從來沒有人願意全面去探討這種微不足道的詩體，因而關於它的討論不僅很少，而且過於零碎，甚至失之概括。為全面而確實的看六句詩，本章首先從歷來六句詩的數量，看它在詩歌發展史中出現的情形；再搜羅前人有關六句詩的說法，加以歸納，並逐條檢討，繼而實際探討唐以前六句詩的歷史源流。

第一節　六句詩的數量

　　六句詩在古歌謠中的情形如何？因為先民歌謠流傳不易，我們無法就後人的偽作，一窺其貌。不過在信史可徵的《詩經》中，像「葛之覃兮，施于中谷，維葉萋萋，黃鳥于飛，集于灌木，其鳴喈喈。」，〔註1〕自由詠歌，而作六句的詩篇，竟然有249章之多，占全部1144章的21.8%，僅次於四句詩，它比八句詩還要多，這是一般人沒有注意到的現象。〔註2〕我們再根據逯欽立輯校《先秦漢魏

〔註1〕見〈國風・周南〉「葛覃」。
〔註2〕（清）汪師韓《詩學纂聞》論詩句云：「詩不以句之多寡論之，然三百篇之詩，章八句者為多，外此則十二句而止耳。‥‥」支菊生「詩經與詩律—詩律探原之一」（《天津師大學報》，1984年5期）一文說：

晉南北朝詩》，發現先秦、漢代六句詩的百分比甚至高於八句詩，一直到魏代，八句詩才超過六句。這些六句詩固然可能是六句以上長篇的殘句，但無論如何，早期詩歌的句數，必然帶有相當的偶然性。為便於研究，我們從第 18 頁的統計表，摘出歷來六句詩的數量和百分比如下：

時　　代	數　　量	百　分　比
詩　經	249 首	21.8%
楚　辭	0 首	0%
先　秦	25 首	8.1%
漢	51 首	7.5%
魏	26 首	5.2%
晉	98 首	4.3%
宋	31 首	3.3%
齊	8 首	1.5%
梁	183 首	7.6%
陳	32 首	5.2%
北　魏	3 首	1.5%
北　齊	6 首	2.9%
北　周	9 首	2%
隋	23 首	5%
唐	699 首	1.4%

　　以上總計只有 1143 首而已。收在其他總集的六句詩數量為：《玉台新詠》27 首、《樂府詩集》258 首、《唐詩三百首》6 首，也只有極少數，而且這些詩幾乎全部已被收入逯欽立輯校的《先秦漢魏晉南北朝詩》和清聖祖御定《全唐詩》。因此我們可以概括的說，從《詩經》

「……上面這些數字又可表明詩人不僅在追求每句字數的均齊，同時也在追求各章句數的均齊，而每章四句或八句占了一定優勢。」都忽視了六句詩在《詩經》中占有相當的數量。

時代到唐代，六句詩的數量大約 1200 首左右，假如我們將它和少兩句的四句詩 15599 首，多兩句的八句詩 25122 首比較，很顯然地數量比四句、八句詩少太多了。爲什麼中國詩短篇要以四句、八句爲主，而不採用介在其中的六句詩呢？難道六句詩不能補四句太短，八句又稍長的缺點，而得中庸之道嗎？這是很值得探討的問題。

第二節　前人有關六句詩說法的檢討

歷來對於中國詩形式的討論，在近體詩尚未形成的古詩中，一般只管它們是幾言，對於句數的多寡，似乎沒有必要去討論它。然而在唐代近體詩形成之後，五七言四句的絕句和八句的律詩成爲主要的詩體，於是對於一首詩屬於何種體裁，首先除了看它是幾言外，其次就是看句數和格律。由於近體詩的句數與詩體名稱關係密切，人們才開始注意一首詩幾句的問題；不過絕大多數的注意焦點，仍然放在四句的絕句、八句的律詩和十句以上的排律上面，其他句數的詩像奇句、六句，很少有人去研究它們，主要是因爲它們的數量少。我們暫且不說奇句詩，但六句詩因爲介於四句和八句之間，很自然的會使我們聯想到它和四句八句詩在歷史淵源上到底有沒有關係？近體詩難道一定要以四句、八句爲主體嗎？它們具備什麼樣優越的條件爲六句詩所不及呢？在前人的論著中無論詩歌史、文學史、一般期刊論文都沒有人把它提出來討論，僅在詩話和近人的論著中，我們找到一些零碎的記載，現在把它們摘錄在下面：

一、詩話方面
（一）宋・魏慶之《詩人玉屑》論六句法

此法但可放言遣興，不可寄贈。杜子美云：「烈士惡多門，小人自同調。名利苟可取，殺身傍權要。何當官曹清，爾輩堪一笑。」山谷云：「三公未白首，十輩擁朱輪。只有人看好，何

益百年身。但願身無事，清樽對故人。」〔註3〕

（二）宋・嚴羽《滄浪詩話》

有律詩止三韻者，唐人有六句五言律，如李益詩「漢家今上郡，秦塞古長城。有日雲長慘，無風沙自驚。當今天子聖，不戰四方平。」〔註4〕

（三）明・胡震亨《唐音癸籤》

律體有五言小律、七言小律，嚴滄浪以唐人六句詩合律者稱三韻律詩，昭代王弇州始名之為小律云。〔註5〕

（四）清・宋長白《柳亭詩話》

唐人近體，六句號小律，原本六朝。〔註6〕

（五）清・董文渙《聲調四譜》

1. 卷五，三韻短古

舉唐代詩人蘇頲等十九人之五言三韻短古四十二首，並說：「五言始於漢魏，下迄於隋皆古詩也，初不拘用韻多少，然少亦不下四韻，齊梁以後，遂專此體，實為律詩之先聲，但未有古律之分也。其短篇四韻，則別為絕句一體，亦古詩之支派，至唐而古律既分，絕句又界古律之間，而自為一體。於是遂有三韻短古一體，又界古絕之間，初盛唐諸家紀游懷古凡連章多用之，雖同古體而實自為一格。若四韻以後，雖至百韻，則統以古體目之，無煩標名矣！故錄三韻短古若干首於左，以備一式，其黏對拗救則與古體同。」〔註7〕

〔註3〕見四庫善本叢書館借中央圖書館藏明本《詩人玉屑》影印本，第一冊23頁。

〔註4〕見嚴羽《滄浪詩話》（何文煥編訂《歷代詩話》，台北：藝文印書館，1971年2月3版）頁447。

〔註5〕見《唐音癸籤》，（台北：木鐸出版社，1982年7月版）頁2。

〔註6〕見《古今詩話叢編》，宋長白《柳亭詩話》，（台北：廣文書局，1971年9月初版）頁65。

〔註7〕見《聲調四譜》卷五，（台北：廣文書局，1974年3月初版），頁215～227。

2. 卷十一，五言律詩後列三韻小律

　　舉唐代詩人韓翃等六人的十三首五言三韻小律，並說：「三韻小律古人作者本少，世多不傳，往往混之於古體中，相沿愈久，幾至不能舉其名，遂使非古非律之體，界乎可存可亡之間矣，故別標一格曰小律法，其黏對正拗各式俱同律。三韻小律與短古體製略同，然短古界古絕之間，小律則界律排之間，此為小異。夫絕句為平仄全式，律詩又加偶焉。小律於絕則多，於律則少，何乃截然一格哉，曰此即三聲互用之法也。五律首句用韻者少，故三聲互用四單句中，必有一聲重用者，小律六句，則為單句者三分，用三聲已足盡式，配以用韻，而四聲備矣，故得自為一體，而不能離於他格也。小律之法，何以必別於律乎，曰此猶平仄單備為絕句，雙備為律詩也。唐制試律取士，定式以六韻別為一體，與長律不同，而首句則斷不入韻，故其單句句末三聲互用，亦必因小律而重之乃足，故小律者三聲之單備，試帖者三聲之雙備也。物有奇偶，數有陰陽，此其所以能自成一格也。本不載排律試帖之法，故因小律而連類及之。」〔註8〕

3. 卷十二，七言律詩後列三韻小律

　　舉唐代詩人李白、鮑溶二人三首七言三韻小律，並說曰：「七言小律之法與五言同，此體唐人尤不多見，故往往混入古體中，遂并其名不見矣。但前賢既創此格，萌芽已兆，斷無隱晦之理，後人必起而昌明者。如詩本五七言，雖始於漢初，至魏晉漸多，及唐代而體格乃備。隋氏以前，詩皆古體，格律兆於齊梁，亦及於唐五代，而古今始判。洎乎晚唐而後，詩格卑弱，流為小令，詩餘遂盛於宋，而又演之為南北曲矣。事各有漸，由漸而昌，亦理之必然者。古今詩家眾矣，或諸體擅長，或一格名家，已無美不備，獨此體猶待推嬗，則前賢未竟之意，不得不望於後之君子

〔註8〕同註7，見《聲調四譜》卷十一，頁439～440。

也，故略取數篇以備一格云。」〔註9〕

（六）清・王士正、張歷友、張蕭亭答、郎廷槐問《師友詩傳錄》

歷友答：「古體之限句非古也，然七言五句，漢昭帝淋池歌是也。六句者，古皇娥歌是也，要只以簡古為主，此外無法矣！然皇娥歌或以為後代擬作，亦在然疑之間耳。」

蕭亭答：「六句似當如律法，前後起結，三四兩句如律中兩聯，總之宜孤峭中有悠揚之致。」

歷友答：「五言六句，古齊梁間多用之。唐人劉文房龍門八詠亦善此體，然幾於半律矣，特以其參用仄韻，亦仍為古體。大約中聯用對句，前後作起結，平韻仄韻皆可用也。」〔註10〕

（七）清・王士正答、劉大勤問《師友詩傳續錄》

問：「太白送羽林陶將軍詩，蕭亭先生謂古有六句律體，疑此即是，而諸詩皆入七言古中何也。」

答：「六句律體，於古有之，升庵先生撰六朝律祖記曾載之，〔註11〕今記憶不真矣。」〔註12〕

（八）清・趙翼《陔餘叢考》

律詩有六句便成一首者，李太白送羽林陶將軍云：「將軍出使擁樓船，江上旌旗拂紫煙。萬里橫戈贈虎穴，三杯拔劍舞龍泉。莫道同人無膽氣，臨行將贈繞朝鞭。」此為六句律詩之首，以後惟白香山最多。……昌黎集中亦間有之，如謝李員外寄紙筆一首云：「題是臨池後，分從起草餘。兔尖針莫並，

〔註9〕同註7，見《聲調四譜》。

〔註10〕三段答話俱見王士禎等著《師友詩傳續錄》，（丁仲祜編訂《清詩話》，台北：藝文印書館，1971年10月初版）頁11。

〔註11〕《六朝律祖記》今存北平圖書館，未能借閱，以查其實；但據張宗楠纂集，戴鴻森校點王士禎《帶經堂詩話》，北京人民出版社1982年版頁846，有蒿盧云：「案杜牧之集有七言半律，許丁卯集中亦有五言小律，皆止六句。檢升菴先生《五言律祖》並無此體。」的記載，可能是王士正誤記了。

〔註12〕此段問答同註10，見王士禎等著《師友詩傳續錄》，頁5。

繭淨雪難如。莫怪殷勤謝，虞卿正著書。」此又五言之六句
律詩體也。〔註13〕

二、近人論著方面

（一）胡才甫《詩體釋例》

體有相似而實不同者，如《滄浪》之三韻筆詩，《玉屑》之六
句體，分類既殊，釋名宜盡〔註14〕。

按六句體與三韻詩不同，三韻詩中二句對偶，六句體可不必
也。〔註15〕

（二）王力《中國詩律研究》

五律和七律中，都偶然有一種「三韻小律」。三韻就是六句（首
句就是入韻也不計）。這樣，五言小律就只有三十個字，七言
小律就只有四十二個字……。〔註16〕

（三）江南出版社《學詩之門》

此外又有一種半律詩，在白居易詩集中常可以看見，所謂半律
詩也有兩種，一種是音節對仗近於律詩，而長短不拘，一是律
詩只作六句，而不完成八句。前者的例子如：

一束蒼蒼色，知從澗底來。

劚掘經幾日？枝葉滿塵埃。

不買非他意，城中無地栽。（贈賣松者）

這詩雖像古體，但起結都是律詩的格調，不過當中兩句不對，
而每聯都是仄起，又只有六句，所以也不完全是律詩。至於純
粹律詩而只作六句的，則如：

紫閣峰西清渭東，野煙深處夕陽中。

〔註13〕見《陔餘叢考》卷二十三，（台北：新文豐出版公司，1975 年 11 月
　　　　初版）頁 11。

〔註14〕見胡才甫《詩體釋例》凡例 7，（台北：中華書局 1958 年出版）。

〔註15〕同註 14，見《詩體釋例》頁 60。

〔註16〕見王力《中國詩律研究》頁 22。

風荷老葉蕭條綠，水蓼殘花寂寞紅。

我厭宦游君失意，可憐秋思兩心同。（縣西郊秋贈馬造）

這完全是因爲話說完了，不必再勉強湊成八句……。〔註17〕

（四）日・前野直彬等著，洪順隆譯《中國文學概論》

與律詩有關，不像排詩長篇累牘，而只六句成章的是「三韻小律」，它的體裁，恰好在律詩和絕句之間，如李白的〈金陵酒肆留別〉、〈送羽林陶將軍〉、〈書宇文少府見贈桃竹書筒〉等，是此類的早期作品。其他中唐韓愈、白居易也有幾首，宋以後詩人，對此幾乎不染乎。這類作品，只有韻律的規格，和對句的講究，是以律詩爲準的……。〔註18〕

（五）任半塘《唐聲詩》

《柳亭詩話》五曰：「唐人近體六句號『小律』，原本六朝。」按其體所以本於六朝，仍緣合樂之故，其名乃明人所創，唐代未見此稱號。〔註19〕

（六）陳香《三韻詩三百首》

選輯漢魏至明清五言三韻詩三百首，七言三韻詩三十七首，合計三百三十七首。在弁言中他說：「三韻詩，亦稱六句詩。由於介在四句（絕詩）與八句（律詩）之間，聲調緩促比較適中，所以自來有不少詩人都喜愛這種體裁，而且一向也沒有人選輯成書，專標其格，以提供翻閱與欣賞。」〔註20〕他另編著《異體詩舉隅》一書，〔註21〕對於六句詩的討論，大致出自前書，此處不綴。

〔註17〕見《學詩之門》，（台北：江南出版社，1971年5月版）頁155。

〔註18〕見前野直彬等著《中國文學概論》，（台北：成文出版社，69年9月初版），頁116。

〔註19〕見任半塘《唐聲詩》（上海：上海古籍出版社，1982年1月10月1版1刷），上編頁137。

〔註20〕本書由台北台灣商務印書館在1984年10月初版。

〔註21〕本書由台北台灣商務印書館在1985年2月初版。

根據以上各家對六句詩的意見，我們歸納成下面數條，並且加以檢討如下：

（一）六句詩的名稱

1. 嚴滄浪稱唐人合律的六句詩爲三韻律詩，明代王弇州始稱之爲小律（胡震亨《唐音癸籤》）。

2. 唐人近體，六句號小律（宋長白《柳亭詩話》）。

3. 五言六句，古齊梁間多用之。唐人劉文房龍門八詠亦善此體，然幾於半律矣，特以其參用仄韻，亦仍爲古體（《師友詩傳錄》）。

4. 半律詩有兩種，一是音節對仗近於律詩，而長短不拘；一是律詩只作六句而不完成八句（《學詩之門》）。

　　在名稱方面，合律六句詩稱三韻律詩、小律或半律，既考慮到句數韻數，又沒有忽視它合律，前人訂此名稱，還相當符合實際。至於《學詩之門》既稱合律六句爲半律，又稱音節對仗近於律詩的六句詩爲半律，似嫌籠統，不如《師友詩傳錄》仍將後者以古體稱之。

（二）六句詩與三韻詩的異同

1. 六句詩與三韻詩不同，三韻詩中二句對偶，六句體可不必也（胡才甫《詩體釋例》）。

2. 三韻就是六句（王力《中國詩律研究》）

　　六句詩是否就是三韻詩？胡才甫《詩體釋例》說必須中聯對仗，王力說三韻就是六句，沒有特別談到中聯對仗的問題。我們認爲像權德輿的戲和三韻「墨翟突不黔，范丹甑生塵。君今復勞歌，鶴髮吹溼薪。前詔許眞秩，何如巾軟輪。」中聯也未對仗，而仍稱三韻，這正如通常律詩的頷頸兩聯必須對偶，但有許多律詩並不對偶，也還是律詩一樣，不是一成不變，不可通融的。所以一首詩只要六句、押三個腳韻（首句入韻不計），甚至像杜牧的〈雪晴訪趙嘏街西所居三韻〉爲五七言以外的雜言詩，也可以稱

爲三韻詩。前人對三韻詩的說法僅止於五七言等齊言詩，好像從來沒有人提到三韻詩也有作雜言的，這點我們要特別提出來說明。

（三）六句詩的作者

1. 李太白〈送羽林陶將軍〉爲六句律詩之首，此後惟白香山最多（趙翼《陔餘叢考》）。

2. 李白的〈金陵酒肆留別〉、〈送羽林陶將軍〉、〈書宇文少府見贈桃竹書筒〉等，是此類的早期作品。其他中唐韓愈、白居易也有幾首，宋以後詩人對此幾乎不染乎（前野直彬等《中國文學概論》）。

像《陔餘叢考》說李太白〈送羽林陶將軍〉爲六句律詩之首，純係託大家之名爲說。在《全唐詩》中像蘇頲的〈昆明池宴坐答王兵部珣三韻見示〉、李頎的〈題僧房雙桐〉等詩，都在李白律詩之前。至於前野直彬等所著《中國文學概論》，對於唐代六句詩作家，僅略微提到李白、韓愈、白居易等三人，其實韓愈的六句詩只有六首，倒是孟郊、皎然、高適、韋應物等人的六句詩都在二十首以上，比較值得注意。

（四）六句詩的內容

1. 六句詩但可放言遣興，不可寄贈（魏慶之《詩人玉屑》）。

2. 三韻短古，初盛唐諸家紀游懷古，凡連章多用之（董文渙《聲調四譜》）。

其實六句詩的內容和四句八句詩一樣無所不包，《玉屑》所謂但可放言遣興不可寄贈，難免流於概括。六句詩固然適宜放言遣興，用於寄贈亦不少，我們在第三章第六節探討六句詩的內容時再予詳論。至於三韻短古初盛唐諸子紀游懷古的連章詩多用之，是指初盛唐諸子常用六句短古寫紀游懷古之類的連章詩。像陳子昂的〈薊丘覽古贈盧居士藏用七首并序〉、劉長卿的〈龍門八詠〉、高適的〈宋中十首〉、〈東平路作三首〉等詩，確是此期三韻短古的特色。不過它用在紀游懷古以外的連章，或其他內容的特殊表現，也是值得我們去探討的。

（五）六句詩的淵源

1. 六句小律原本六朝（宋長白《柳亭詩話》）。
2. 五言六句，古齊梁間多用之（《詩友詩傳錄》）。
3. 小律所以本於六朝，仍緣合樂之故（任半塘《唐聲詩》）。

　　六句詩的淵源，論者都說本於六朝，係指著重對稱美的小律而言，至於六個句子的詩，早在《詩經》時代已經不少了。五言六句，古齊梁間多用之，並非指其數量多，而是齊梁人開始常用這樣的形式寫詩。至於任半塘《唐聲詩》：「小律所以本於六朝，仍緣合樂之故。」主要是從六句聲詩的觀點出發。

（六）六句詩的平仄黏對和形式

1. 三韻短古黏對拗救與古體同，三韻小律黏對正拗各式俱同律（董文渙《聲調四譜》）。
2. 三韻短古界於古絕之間（董文渙《聲調四譜》）。
3. 三韻小律界於律排之間（董文渙《聲調四譜》）。
4. 三韻小律界於律絕之間（前野直彬《中國文學概論》）。

　　古體詩本不講究平仄黏對，董文渙講古體之黏對拗救本已多餘，又用來講三韻短古，實為不必。至於三韻小律黏對正拗同律，實際從詩篇中看，確是如此。而所謂三韻短古界於古詩和絕句之間，三韻小律界於十二句排律或律詩與絕句之間，這純是就形式和格律看三韻短古和三韻小律的結構。

（七）六句詩首句入韻的問題

1. 六句詩就是首句入韻也不計（王力《中國詩律研究》）。

　　六句詩首句入韻不計，正如於五七言詩也是首句入韻不計。

（八）六句詩的聲調問題

1. 六句詩由於介在四句與八句之間，聲調緩促比較適中（《學詩之門》、陳香《三韻詩三百首》）。

　　這個說法並不盡然，句數的多少，固然影響聲調的緩促，但最主要的還是決定於押韻和平仄。

（九）六句詩的作法

1. 六句以簡古爲主（《師友詩傳錄》）

2. 六句似當如律法，前後起結，三四兩句如律中兩聯，總之宜孤峭中有悠揚之致（《師友詩傳錄》）。

3. 六句大約中聯用對句，前後作起結，平韻仄韻皆可用也（《師友詩傳錄》）。

　　六句詩的作法，《師友詩傳錄》說的「簡古」、「宜孤峭中有悠揚之致」，過於抽象，很難使我們產生具體印象。至於六句如律法，前後起結，中聯對仗，也僅是就一般現象而言，它和律詩一樣，有時候也不一定那麼規矩的注重起結和對仗。

（十）小律三聲互用說

1. 小律因三聲互用而截然一格，配以用韻，而四聲備矣，所以能自成一體（董文渙《聲調四譜》）。

　　小律三聲互用，恐係董氏之說詞罷了。我們從《全唐詩》合平仄黏對的 100 首三韻小律中，只找到 21 首出句和押韻具備四聲，占 21%的比率而已。如果三韻小律是因四聲備矣而自成一格，恐怕不會僅占這樣的比率而已。所以我們認爲四聲備矣，可能只是偶然巧合，不能代表三韻小律的特質。

（十一）小律與試帖的關係

1. 小律者三聲之單備，試帖者三聲之雙備（董文渙《聲調四譜》）。

　　此純就字句、格律的架構而言，事實上試帖和小律在內容或形成的歷史淵源上，恐怕不一定有必然的關係。

　　總結以上十一條前人對六句詩討論的檢討，我們對六句詩雖然已有初步的認識，但仍然不禁提出幾項疑問：

　　（1）六句詩是怎麼產生的？它的演變情形如何？

　　（2）在歷史淵源上六句詩和四句八句詩有沒有關係？

　　（3）六句詩除比四句多二句，比八句少二句外，其他部份是否

完全相同？

（4）六句詩具備什麼樣的特色？在詩歌史上，它爲什麼是個失敗者？

（5）六句詩在詩歌史上雖然失敗了，然而它的地位、意義如何呢？

當然這些疑問一定得從全面的探討中尋找答案，正因爲從《詩經》以後至唐代，六句詩的數量很少，所以大家都忽視它的存在。然而我們從詩歌史、文學史的眼光看，所有的詩體都應該受到重視，而且整體的每一個小環節也應該被照顧到，所以我們特別把它提出來討論，給它在文學史和詩歌史上應有的定位。

第三節　唐以前六句詩的歷史源流之一（先秦至晉）

詩歌發展至南北朝以後，逐漸趨於成熟，六句詩也不例外。因此我們將唐以前六句詩的歷史源流，以晉爲界，分先秦至晉和南北朝至隋兩階段探討。

六句詩在《詩經》中或作齊言，或作雜言，幾乎全部以複沓的形式出現，共 249 章，占全部 1144 章的 1/5 強，僅次於四句詩。像齊言的〈載馳〉「載馳載驅，歸唁衛侯。驅馬悠悠，言至于漕。大夫跋涉，我心則憂。」雜言的〈椒聊〉「椒聊之實，蕃衍盈升。彼其之子，碩大無朋。椒聊且，遠條且。」所以都做六句，恐怕只是因爲六句正好能將意思表達完整，和其他句數的詩一樣，篇幅長短純視內容的需要而定，此外我們就很難爲一首詩作幾句的問題，加以合理的解釋了。在先秦詩中，據逯欽立輯校《先秦漢魏晉南北朝詩》所收，有〈去魯歌〉、〈歲莫歌〉、〈龍蛇歌〉、〈黃澤謠〉、〈白雲謠〉、〈穆天子謠〉等歌謠，以及《左傳》、《荀子》、《孟子》等舊籍引逸詩共 25 首。這些歌謠或舊籍引詩作六句和《詩經》一樣，多半以四言或雜言的形式出現，我們找不出什麼特別的理由說明它們爲什麼

要作六句。

　　漢代六句詩只有 51 首，多半以歌謠和騷體的形式出現。像戚夫人〈春歌〉「子為王，母為虜。終日春薄暮，常與死為伍。相離三千里，誰當使告女。」、李延年〈歌〉「北方有佳人，絕世而獨立。一顧傾人城，再顧傾人國。寧不知傾城與傾國，佳人難再得。」、楊惲〈歌詩〉「田彼南山，蕪穢不治。種一頃豆，落而為萁。人生行樂耳，須富貴何時。」、〈上郡吏民為馮氏兄弟歌〉「大馮君，小馮君。兄弟繼踵相因循，聰明賢知惠吏民。政如魯衛德化鈞，周公康叔猶二君。」、〈時人為貢舉語〉「舉秀才，不知書。舉孝廉，父別居。寒素清白濁如泥，高第良將怯如黽。」等都是雜言的六句歌謠。也有齊言的六句歌謠，如三言的〈更始時長安中謠〉「竈下養，中郎將。爛羊胃，騎都尉。爛羊頭，關內侯。」、〈通博南歌〉「漢德廣，開不賓。度博南，越蘭津。度蘭倉，為他人。」；四言的〈畫一歌〉「蕭何為法，講若畫一。曹參代之，守而勿失。貳其清靖，民以寧一。」、〈洛陽人為祝良歌〉「天久不雨，烝民失所。天王自出，祝令特苦。精符感應，滂沱而下。」、〈張衡歌〉「皇皇者鳳，通玄知時。萃于山趾，與帝邀期。吉事有祥，惟漢之祺。」；五言的〈成帝時歌謠〉「邪徑敗良田，讒口亂善人。桂樹華不實，黃爵巢其顛。故為人所羨，今為人所憐。」、〈馬廖引長安語〉「城中好高髻、四方高一尺。城中好廣眉，四方且半額。城中好大袖，四方全匹帛。」、〈汲縣長老為崔瑗歌〉「上天降神明，錫我仁慈父。臨民布德澤，恩惠施以序。穿溝廣溉灌，決渠作甘雨。」；七言的〈雞鳴歌〉「東方欲明星爛爛，汝南晨雞登壇喚。曲終漏盡嚴具陳，月沒星稀天下旦。千門萬戶遞魚鑰，宮中城上飛烏鵲。」等都以比較通俗的歌謠形式表達。

　　以騷體形式表現的有烏孫公主細君〈歌〉「吾家嫁我兮天一方，遠託異國兮烏孫王。盧為室兮旃為牆，以肉為食兮酪為漿。居常土思兮心內傷，願為黃鵠兮還故鄉。」、班固〈寶鼎詩〉「嶽修貢兮川效珍，吐金景兮歊浮雲。寶鼎見兮色紛縕，煥其炳兮被龍文。登祖廟兮享聖

神，昭靈德兮彌億年。」、蔡邕〈歌〉「練余心兮浸太清，滌穢濁兮存正靈。和液暢兮神氣寧，情志泊兮心亭亭。嗜欲息兮無由生，踔宇宙而遺俗兮眇翩翩而獨征。」、〈胡笳十八拍〉其中五、六兩拍「雁南征兮欲寄邊聲，雁北歸兮爲得漢音。雁飛高兮邈南尋，空斷腸兮思憯憯。攢眉向月兮撫雅琴，五拍冷冷兮意彌深。」「冰霜凜凜兮身苦寒，饑對肉酪兮不能餐。夜聞隴水兮聲嗚咽，朝見長城兮路沓漫。追思往日兮行李難，六拍悲兮欲罷彈。」、尹伯奇〈履霜操〉「履朝霜兮採晨寒，考不明其心兮聽讒言。孤恩別離兮摧肺肝，何辜皇天兮遭斯愆。痛歿不同兮恩有偏，誰說願兮知我冤。」等，這些騷體仿效七言詩皆作逐句押韻，而和前面歌謠形式的六句詩隔句押韻不同，這也是漢代詩歌押韻的特色。

　　繼漢代五言詩起源之後，曹魏時代在五言詩的表現更爲成熟，此期詩歌最明顯的現象，就是五言詩取代歷來最爲通行的四言詩之地位。六句詩在魏代的表現，雖亦有像謠俗辭〈襄陽民爲胡烈歌〉等歌謠；亦有像嵇康〈琴歌〉之類的騷體形式，但在數量上，顯較漢代爲少。此期六句詩共 26 首，除偶有幾首仍作四言外，〔註22〕其他大部份都是文人所作的五言詩，像陳琳的〈宴會詩〉、劉楨的〈青青女蘿草〉、〈天地無期竟〉、〈翩翩野青雀〉等詩、阮瑀的〈民生受天命詩〉、應瑒的〈別詩〉二首其一、魏文帝曹丕的〈釣竿行〉、〈猛虎行〉、〈於明津作詩〉、〈代劉勳妻王氏雜詩〉、〈巾車出鄴宮詩〉、左延年的〈從軍行〉、陳思王曹植的〈代劉勳妻王氏雜詩〉、〈悠悠遠行客〉、〈雜詩〉、〈美玉生磐石雜詩〉、〈七步詩〉、〈皇考建世業詩〉、應璩的〈百一詩〉、〈雜詩〉、〈司隸鷹揚吏詩〉、〈京師何繽紛詩〉、阮籍的〈詠懷〉八十二首其中〈鳴鳩嬉庭樹〉、〈清露爲凝霜〉、〈多慮令志散〉等三首。只有二首七言樂府，一首是魏鼓吹曲辭〈舊邦〉「舊邦蕭條心傷悲，孤魂翩翩當何依。遊士戀故涕如摧，兵起事大令願違。傳求親戚在者誰，

〔註22〕曹魏時代四言的六句詩有魏明帝曹叡的〈月重輪行〉、陳思王曹植的〈膠膝至堅樂府〉、〈木連理樞〉等詩。

立廟置後魂來歸。」另一首是吳鼓吹曲辭〈克皖城〉「克滅皖城過寇賊，惡此凶孽阻姦慝。王師赫征眾傾覆，除穢去暴戢兵革。民得就農邊境息，誅君弔民昭至德。」

　　晉代六句詩的數量較多，共 98 首。但形式和曹魏無異，歌謠騷體數量大減，而以五言六句詩最多，其次為四言、雜言。此期主要的六句詩作家是傅玄，他有〈何當行〉、〈飛塵篇〉、〈吳楚歌〉、〈車遙遙篇〉、〈昔思君〉、〈歌〉三首（〈寶劍神奇〉、〈渡江南〉、〈曲池何澹澹〉）、〈宴會詩〉、〈離詩〉三首其三、〈眾星詩〉、〈詩〉、〈歌〉等十三首六句詩；其次是陸機，他有〈隴西行〉、〈東武吟行〉、〈百年歌〉其二、〈祖會太極東堂詩〉、〈贈斥丘令馮文羆詩〉、〈贈紀士詩〉、〈招隱詩〉其一、〈尸鄉亭詩〉等九首；再其次是楊羲，他有〈雲林與眾真吟詩〉十首其一、〈中候王夫人詩〉、〈臨去吟〉、〈歌〉、〈紫微夫人歌此〉、〈右英吟〉、〈九月六日夕雲林喻作與許侯〉、〈紫微夫人授乞食公歌〉等八首。其他詩人像張載、張華、潘尼、郭璞也有幾首六句詩，至於七言六句詩，則只有王嘉的〈皇娥歌〉。晉代六句詩比較特別的是樂府雜曲歌辭〈休洗紅〉「休洗紅，洗多紅色淡。不惜故縫衣，記得初按茜。人壽百年能幾何，後來新婦今為婆。」以 35，55，77 言為形式，而且前兩句都做休洗紅，洗多……，後來仿作〈休洗紅〉的六句詩很多，都是以這樣的形式來寫，這是樂府體六句詩有固定命題與形式的開始。

第四節　唐以前六句詩的歷史源流之二（南北朝至隋）

　　南朝聲律說大興，〔註 23〕文人們寫作詩文講究音節的諧美，同時也注意字句的對偶。我們從南朝的六句詩中，也可以看到和四句、八句詩同樣的轉變現象，不論對偶較前期更為明顯，也開始注意到用

〔註23〕南朝的聲律說，主要以齊的永明聲律論為主。正史的記載見《南齊書・文學傳》、《宋書・謝靈運傳》、《南史・陸厥傳》。

字的平仄。下表就是我們將南朝 254 首六句詩（宋 31 首、齊 8 首、梁 183 首、陳 32 首）所作的對仗分析：

對仗情形	三聯對	前二聯對	後二聯對	一三聯對	首聯對	中聯對	尾聯對	對仗合計	不對仗合計	總計
首數	14	10	9	1	10	30	4	78（30.7%）	176（69.3%）	254

　　對仗的比率約占 30.7%，尤其明顯的趨向於中聯對偶。而在平仄方面，合對的有 15 首、合黏的有 3 首、黏對皆合的有 1 首；這種合乎對偶、平仄的六句詩，在數量上雖然不是很多，但是將它和以前的六句詩比較，格律化的情形是很明顯的。

　　南朝六句詩大多以齊言（尤其是五言）古體或樂府的形式表現，在內容表達上，隨著詩體的演進，也更加正式成熟。尤其是文人的加入創作，比較粗俗的內容，顯然已經不見了。下面我們分別就他們所作的六句詩舉數例以見其進步情形：〔註24〕

一、宋

1. 王叔之〈擬古詩〉

　　　客從北方來，言欲到交阯。
　　　遠行無他貨，惟有鳳凰子。
　　　百金我不欲，千金難為市。

2. 宗炳〈登白鳥山詩〉

　　　我祖白鳥山，因名感昔擬。
　　　仰升數百仞，府覽眇千里。
　　　呆呆群木分，炭炭眾巒起。

〔註24〕限於篇幅，我們無法一一盡舉，只能選擇幾首較具代表性的詩篇為例，我們選擇的標準有三：（1）著名作家的作品。（2）內容淺近易懂而又有含義的作品。（3）易讀而且對仗比較工整的作品。

3. 謝靈運〈苦寒行〉

　　歲歲層冰合，紛紛霰雪落。
　　浮陽減清輝，寒禽叫悲壑。
　　飢饗煙不興，渴汲水枯涸。

4. 鮑照〈代鳴雁行〉

　　邕邕鳴雁鳴始旦，齊行命侶入雲漢。
　　中夜相失群離亂，留連徘徊不忍散。
　　憔悴容儀君不知，辛苦風霜亦何爲。

二、齊

1. 竟陵王蕭子良〈遊後園〉

　　託性本禽魚，棲情閑物外。
　　蘿徑轉連綿，松軒方杳藹。
　　丘壑每淹留，風雲多賞會。

2. 陸厥〈蒲坂行〉

　　江南風已春，河間柳已把。
　　雁反無南書，寸心何由寫。
　　流泊祁連山，飄颻高闕下。

三、梁

1. 范雲〈閨思詩〉

　　春草醉春煙，深閨人獨眠。
　　積恨顏將老，相思心欲然。
　　幾回明月夜，飛夢到郎邊。

2. 江淹〈征怨詩〉

　　蕩子從軍久，鳳樓簫管閒。
　　獨枕凋雲鬢，孤燈損玉顏。
　　何日邊塵淨，庭前征馬還。

3. 任昉〈嚴陵瀨詩〉

　　群峰此峻極，參差百重嶂。
　　清淺既漣漪，激石復奔壯。
　　神物徒有造，終然莫能狀。

4. 丘遲〈望雪詩〉

　　氛氳發紫漢，雜沓被朱城。

　　倏忽銀台搆，俄頃玉樹生。

　　綿綿九軌合，昭昭四區明。

5. 沈約〈釣竿〉

　　桂舟既容與，綠浦復回紆。

　　輕絲動弱芰，微楫起單鳧。

　　扣舷忘日暮，卒歲以爲娛。

6. 何遜〈詠雜花詩〉

　　井上發新花，誰言不經染。

　　已知薄紫拂，復似濃紅點。

　　狀錦無裁縫，依霞有舒斂。

7. 吳均〈別夏侯故章詩〉

　　白馬黃金羈，青驪紫絲鞚。

　　新知關山別，故人河梁送。

　　置此一函書，爲余達雲夢。

8. 王僧孺〈寄何記室詩〉

　　思君不得見，望望獨長嗟。

　　夜風入寒水，晚露拂秋花。

　　何由假日御，暫得寄風車。

9. 裴子野〈上朝值雪詩〉

　　沐雪疑千門，櫛風朝萬戶。

　　集霰渝丹黻，流雲飄繡柱。

　　滴瀝垂土膏，闌干懸石乳。

10. 蕭統〈長相思〉

　　相思無終極，長夜起歎息。

　　徒見貌嬋娟，寧知心有憶。

　　寸心無以因，願附歸飛翼。

11. 蕭紀〈和湘東王夜夢應令詩〉

　　昨夜夢君歸，賤妾下鳴機。

懸知意氣薄，不著去時衣。
故言如夢裡，賴得雁書飛。

12. 蕭綱〈同庾肩吾四詠詩〉其一
採蓮前岸隒，舟子屢徘徊。
荷披衣可識，風疏香不來。
欲知船度處，當看荷葉開。

13. 庾肩吾〈隴西行〉
借問隴西行，何當驅馬征。
草合前迷路，雲濃後暗城。
寄語幽閨妾，羅袖勿空縈。

14. 蕭繹〈採蓮曲〉
碧玉小家女，來嫁汝南王。
蓮花亂臉色，荷葉雜衣香。
因持薦君子，願襲芙蓉裳。

四、陳

1. 陰鏗〈五洲夜發詩〉
夜江霧裡闊，新月迴中明。
溜船惟識火，驚鳧但聽聲。
勞者時歌榜，愁人數問更。

2. 周弘正〈答林法師詩〉
客行七十歲，歲暮遠徂征。
寒雲結不解，隴水凍無聲。
君見日近遠，為忖長安城。

3. 張正見〈山家閨怨詩〉
王孫春好遊，雲鬢不勝愁。
離鴻暫罷曲，別路已經秋。
山中桂花晚，勿為俗人留。

4. 陳後主叔寶〈玉樹後庭花〉
麗宇芳林對高閣，新粧豔質本傾城。
映戶凝嬌乍不進，出帷含態笑相迎。

　　　　妖姬臉似花含露，玉樹流光照後庭。

5. **徐陵〈侍宴詩〉**

　　　　園林才有熱，夏淺更勝春。
　　　　嫩竹猶含粉，初荷未聚塵。
　　　　承恩豫下席，應阮獨何人。

6. **岑之敬〈烏棲曲〉**

　　　　驄馬直去沒浮雲，河渡冰開兩岸分。
　　　　烏藏日暗行人息，空棲隻影長相憶。
　　　　明月二八照花新，當壚十五晚留賓。

從上面這些六句詩，我們發現它們除了比四句詩多兩句，比八句詩少兩句外，其他起結、對仗、描寫內容或詠物或抒情或寫景，幾乎和四句八句詩毫無兩樣。南朝的六句詩共 254 首，其中以梁朝的 183 首最多，作者也最多，尤以沈約有六句詩 26 首和郊廟、雅樂、相和、舞曲歌辭 15 首，共計 41 首，為南朝六句詩數量最多的作家，雖然不及他的八句詩有 64 首之多，卻也比他的四句詩 30 首還要多。其次是梁簡文帝蕭綱，他有 32 首六句詩，雖然不及他的八句與四句詩都是 76 首那麼多，不過六句詩以三韻詩為篇名，卻始於他的〈春閨情詩又三韻〉、〈和湘東王三韻詩〉二首，這亦見他對六句詩的注意。

　　綜觀南朝六句詩發展的最大特色，除了詩的內容更豐富，表現手法更細緻，更加注意詩句的對偶之外，還發現極特別的一些現象：

（一）王室作家也好作六句詩

　　南朝王室作家喜好文學，除作其他句數的詩外，也好作六句詩，如宋南平王劉鑠有〈三婦豔〉、〈白紵曲〉，宋孝武帝劉駿有〈夜聽妓詩〉、〈齋中望月詩〉，江夏王劉義恭有〈擬古詩〉，竟陵王蕭子良有〈侍皇太子釋奠宴詩〉、〈遊後園〉，梁武帝蕭衍有〈贈逸民詩〉（其二）、〈五字疊韻詩〉，昭明太子蕭統有〈三婦豔〉、〈長相思〉、〈詠彈箏人〉、〈貌雪詩〉，武陵王蕭紀有〈和湘東王夜夢應令詩〉、〈曉思詩〉，梁簡文帝蕭綱有〈君子行〉、〈江南思〉（其二）、〈採蓮曲〉（其二）、〈新成安樂

宮〉、〈雙桐生空井〉、〈雍州曲〉三首、〈賦樂府得大垂手〉、〈探菊篇〉、〈秋晚詩〉、〈春閨情詩又三韻〉、〈薄晚逐涼北樓迴望詩〉、〈和湘東王三韻詩〉二首、〈賦樂器名得箜篌詩〉、〈春日詩〉、〈賦得入塔雨詩〉、〈詠柳詩〉、〈詠芙蓉詩〉、〈詠梔子花詩〉、〈賦得薔薇詩〉、〈仰和衛尉新渝侯巡城口號詩〉、〈臨後園詩〉、〈雨後詩〉、〈和會三教詩〉、〈登山馬〉、〈和蕭侍中子顯春別詩〉、〈歌〉，梁元帝蕭繹有〈採蓮曲〉、〈五言詩〉、〈晚景遊後園詩〉、〈遊後園詩〉、〈古意詩〉、〈詠秋夜詩〉、〈寒閨詩〉、〈和彈箏人詩〉、〈賦得登山馬〉、〈春別應令詩〉（其二），梁宣帝蕭詧有〈詠百合詩〉，陳後主叔寶有〈三婦艷詞〉十一首、〈玉樹後庭花〉、〈宴詹事陸繕省詩〉，共七十一首，王室作家六句詩的數量不在少數。

（二）應詔、奉和、侍宴等正式場合的詩有時亦作六句

這一類詩通常都以八句或十句以上的長篇為多，作四句和六句的比較少。在南朝的六句詩中，我們找到幾首應詔、奉和之作，如竟陵王蕭子良〈侍皇太子釋奠宴詩〉，沈約〈詠新荷應詔詩〉、〈聽蟬鳴應詔詩〉、〈侍宴謝朏宅餞東歸應詔詩〉，劉孝綽、劉孝威、梁簡文帝蕭綱等奉和湘東王所作應令詩〈春宵〉、〈冬曉〉，劉緩的〈雜詠和湘東王〉三首，武陵王蕭紀的〈和湘東王夜夢應令詩〉，甄固的〈奉和世子春情詩〉，從這些少數應詔、奉和、侍宴詩偶而也用六句的情形看，六句詩在南朝也還是相當普遍而且受重視的詩體形式之一。

（三）固定作六句的詩題增多

繼晉代樂府雜曲歌辭〈休洗紅〉固定以六句為體式後，南朝有許多詩題也固定作六句，而且文人就同樣的命題作詩的情形也顯著增加；例如下面幾個詩題，都是以六句為篇幅。

1. 三婦艷

係截取漢樂府〈長安有狹斜行〉的最後六句，而文辭稍加修改，它的形式都做大婦……中婦……小婦……丈人（丈夫、良人、夫君）……。我們看宋南平王劉鑠的〈三婦艷詩〉「大婦裁霧縠，中婦牒冰練。小婦端清景，含歌登玉殿。丈人且徘徊，臨風傷流霰。」就

可以明白這種詩體的形式了。其他像王融、沈約、昭明太子蕭統、劉孝綽、王筠、張正見都作〈三婦艷詩〉，其中張正見和陳後主所作，雖於丈人句更換他詞，但這種體裁仍以調笑爲主。

2. 五雜組（或作五雜俎）

它的形式爲三言六句，以五雜組……往復還……不獲已（不得已）的形式表達，而以首句爲篇名。這種詩體係仿古樂府〈五雜組〉「五雜組，江頭草，往復還，車馬道，不獲已，人將老。」南朝作家王融的〈代五雜組詩〉「五雜組，慶雲發，往復還，經天月，不獲已，生胡越。」范雲的〈擬古五雜組詩〉「五雜組，會塗山，往復還，兩崤關，不得已，嬭與鰥。」即仿作這種三言六句體，直到唐代，酒筵中還常以此體作酒令遊戲。

3. 登山馬

梁簡文帝蕭綱有〈登山馬詩〉「登山馬（或作登山馬間樹），間樹識金裝（或作玉勒黃金裝）。草合宜驊短，影轉見鞭長。何殊八仙岫，暫上淮南王。」梁元帝蕭繹有〈賦得登山馬詩〉「登山馬逕小，逕小馬縈通。汗赭凝沾勒，衣香不逐風。何殊隴頭望，遙識祁連東。」首句都作登山馬……，第五句作何殊……，也是六句的一種固定形式。

4. 文人奉和湘東王而作或仿作的〈春宵〉、〈冬曉〉詩

當時文人奉和湘東王所作的六句詩有劉孝綽、劉孝威、蕭綱、庾肩吾的〈奉和湘東王應令詩〉二首〈春宵〉、〈冬曉〉，蕭子暉、劉孝先也有以〈春宵〉、〈冬曉〉爲題，作同一命題的六句詩。這可能是當時文人作詩的一種風氣，當然四句、八句詩，文人也有拿來同賦一題的情形，這顯示出當時文人對於六句詩和四句、八句詩完全是平等看待的。

其他像吳均的〈大垂手〉「垂手忽迢迢，飛燕掌中嬌。羅衫恣風引，輕帶任情搖。詎似長沙地，促舞不回腰。」王僧儒的〈湘夫人〉「桂棟承薜帷，眇眇川之湄。白蘋徒可望，綠芷竟空滋。日暮思公子，銜意嘿無辭。」都是以六句爲一首的形式。後來唐人依其篇名，也固

定作六句之詩。

　　南朝六句詩的特色，除了上面所說的逐漸有固定的命題外，另一方面文人又在同一命題上使用不同的句數寫作，表現極不受約束的特性，這種具有固定命題，但既作六句，又作其他句數的詩篇有：

　1. 白紵曲（或作白紵歌、白紵辭）

　　屬於樂府舞曲歌辭，《宋書・樂志》說白紵宜是吳舞。它的形式通常都作七言，使用句數有：

　　（1）二句——如（齊）王儉的〈齊白紵辭〉五首。

　　（2）四句——如梁武帝蕭衍的〈白紵辭〉二首，（梁）張率的〈白紵歌〉九首（其中六、七二首）。

　　（3）五句——如（梁）張率的〈白紵歌〉九首（其中第一、二、四、五首）。

　　（4）六句——如（宋）南平王劉鑠的〈白紵歌〉，（宋）湯惠休的〈白紵歌〉三首（其中第二、三首），（梁）張率的〈白紵歌〉九首（其中第三、八、九首）。

　　（5）八句——如（宋）湯惠休的〈白紵歌〉三首（其中第一首），（宋）沈約的〈四時白紵歌〉五首。

　2. 櫂歌行

　　屬樂府相和歌辭，《樂府解題》曰：「晉樂，奏魏明帝辭云『王者布大化』，備言平吳之勳。若晉陸機『遲遲春欲暮』，梁簡文帝『妾住在湘川』，但言乘舟鼓櫂而已。」〔註25〕我們所看到南朝的〈櫂歌行〉全屬乘舟鼓櫂類的江邊船歌，使用句數有：

　　（1）六句——如（梁）劉孝綽、王籍、阮研的〈櫂歌行〉。

　　（2）十二句——如（宋）吳邁遠的〈櫂歌行〉。

　　（3）十四句——如梁簡文帝蕭綱的〈櫂歌行〉。

　　（4）二十句——如（宋）孔甯子的〈櫂歌行〉。

〔註25〕見《樂府詩集》，（台北：里仁書局，1984 年 9 月 4 版），頁 592。

3. 採蓮曲

屬樂府清商曲辭，使用句數有：

（1）六句——如梁簡文帝蕭綱的〈採蓮曲〉（其中第二首）、梁元帝蕭繹的〈採蓮曲〉。

（2）七句——如梁武帝蕭衍、梁簡文帝蕭綱的〈採蓮曲〉。

（3）八句——如（梁）吳均、簡文帝蕭綱（〈採蓮曲〉其中第一首）、朱超、沈君攸的〈採蓮曲〉。

（4）十句——如吳均的〈採蓮曲〉。

（5）十二句——如陳後主的〈採蓮曲〉。

4. 寒閨詩

使用句數有：

（1）四句——如梁簡文帝蕭綱的〈寒閨詩〉。

（2）六句——如（梁）劉緩、鮑泉、元帝蕭繹的〈寒閨詩〉。

5. 烏棲曲

屬樂府清商曲辭西曲歌，使用句數有：

（1）四句——如（梁）蕭子顯的〈烏棲曲應令〉三首、梁簡文帝蕭綱的〈烏棲曲〉四首、梁元帝蕭繹的〈烏棲曲〉四首、陳後主的〈烏棲曲〉三首、（陳）徐陵的〈烏棲曲〉二首、江總的〈烏棲曲〉一首。

（2）六句——如（陳）岑之敬的〈烏棲曲〉。

北朝六句詩總共才 18 首。北魏有節閔帝元恭〈詩〉、李諧〈釋奠詩〉、雜歌謠辭〈咸陽宮人為咸陽王禧歌〉等三首。北齊有高昂〈從軍與相州刺史孫騰作行路難〉、〈贈弟季式詩〉、邢邵〈應詔甘露詩〉、魏收〈永世樂〉、陽休之〈詠萱草詩〉、雜歌謠辭〈邯鄲郭公歌〉等六首。北周有王褒〈高句麗〉、〈始發宿亭詩〉、〈山池落照詩〉、〈詠霧應詔詩〉、庾信〈鬥雞詩〉、〈應令詩〉、〈杏花詩〉、郊廟歌辭〈配帝舞〉、〈第三無色界魔王歌〉等，其中以王褒〈高句麗〉「蕭蕭易水生波，燕趙佳人自多。傾盃覆盃灌灌，垂手奮袖婆娑。不惜黃金散盡，只畏

白日蹉跎。」作六言六句，最特殊和知名。大致說北朝的六句詩，以文人所作抒情、詠物、應詔之類的作品爲主，也相當注意用字的平仄，但不如南朝六句詩寫得好，也缺乏北地民歌豪放的特性。

隋代六句詩共 23 首，以樂府體較多，有蕭岑的〈櫂歌行〉、丁六娘的〈十索〉共六首、雜歌謠辭〈祠洛水歌〉、〈王昭君〉、〈項王歌〉、〈黃門倡歌〉等。隋文帝楊堅有〈宴秦孝王于并州作詩〉、隋煬帝楊廣有〈賜諸葛穎〉，其他文人所作的六句詩有柳誊的〈陽春歌〉、岑德潤的〈詠灰詩〉、王冑的〈雨晴詩〉、虞世基的〈奉和幸太原輦上作應詔詩〉、〈賦得戲燕俱宿詩〉等，由於六句詩數量不多，而且沒有比較特別的作品，我們就不再敘述了。

第三章 《全唐詩》中六句詩的形貌

　　詩歌發展至唐代，由於帝王的倡導、科舉的影響、詩的社會基礎擴大、詩歌本身的發展種種原因，而蔚爲盛況。〔註1〕（明）胡應麟《詩藪》外編卷三曰：「甚矣！詩之盛於唐也。其體則三四五言，六七雜言，樂府歌行，近體絕句，靡不備矣。其格則高卑遠近，濃淡淺深，巨細精靈，巧拙強弱，靡弗具矣。其調則飄逸渾雄，沈深博大，綺麗幽閒，新奇猥瑣，靡弗屈矣。其人則帝王將相，朝士布衣，童子婦人，緇衣羽客，靡弗預矣。」可見詩歌發展至唐代，上自帝王將相，下至童子婦人，無人不能作詩，並且各種體裁並備。然而就唐代的各種詩體而言，只有絕句、律詩才是當時新體；也是當時詩人最致力於寫作的體裁。關於唐代絕句的數量，（宋）洪邁編有《萬首唐人絕句》，（清）王士禎編有《唐人萬首絕句選》，兩書所收絕句實際上雖然不到萬首，但題名萬首，足見絕句數量之多。〔註2〕近人施子愉曾就《全唐詩》中存詩一卷以上的作品加以統計，五絕有 2140 首，七絕有 7070

〔註1〕 見葉慶炳《中國文學史》，（台北：台灣學生書局，1984年9月三版）頁261。

〔註2〕 洪邁、王士禎兩人所輯萬首絕句，雖然不到萬首，但題爲萬首，足見前人心目中以絕句爲唐詩的主要體式。同時明萬曆間趙宦光、黃習遠曾在洪邁所輯九千餘首的基礎上，加以增修到萬首，所以稱萬首唐人絕句並不誇張。

首，合計9210首。〔註3〕所以我們估計唐代絕句上萬首，一點也不誇張。至於律詩的數量，因無較全的選本，我們根據施子愉的統計，唐代存詩一卷以上的詩人作品總數爲33932首，其中七言律詩5903首，五言律詩9571首，合計15474首，〔註4〕甚至比絕句的數量還多。我們再根據第 18 頁的統計表，《全唐詩》中八句詩有 22579 首，占46.2%，四句詩有 13278 首，占 27.1%，爲所有句數形式中最多的兩種；而四句與八句的形式中，尤以合律的絕、律最多。絕、律這兩種新興詩體，在唐代所以如此盛行，能擊倒其他句數的長篇短製，必然有構成它們被大眾接受的條件，而恰巧介於四句與八句之間的六句詩，爲什麼不能像四句八句詩，不論合律或不合律，都是最多的句數形式呢？難道人們在做四句或八句詩時，沒有遇到需要多做兩句或少做兩句的情況嗎？唐詩爲什麼會以四句的絕句和八句的律詩爲主要形式，甚至幾千年來中國詩歌的主要形式，這似乎不是「自然發展」就能合理解釋。爲了探討這個問題，我們從《全唐詩》中摘出 699 首六句詩，〔註5〕我們所以用《全唐詩》作爲探討的材料，主要因爲唐代詩歌一方面繼承先秦、漢、魏、晉、南北朝、隋幾千年來的成績，另一方面它本身又創造了新體的絕、律，可以說是中國詩歌的總匯，後代詩歌也很難超出唐詩的體式。因此我們將《全唐詩》中的六句詩輯出，全面加以探討，一方面希望能補足前人對六句詩的忽視，使大家在讀中國詩時，除了注意到最常見的形式之外，對於比較少見的體式，也能平等視之。另一方面探討六句詩與四句八句詩在歷史淵源上的關係，四句八句何以成爲定體，以及六句詩在文學史上的地位。本章我們擬就《全唐詩》中六句詩的作者與篇數、使用字數、平仄黏對、押韻、對偶、內容等方面，探索六句詩的形貌。

〔註3〕見施子愉撰〈唐代科舉制度與五言詩的關係〉一文，載《東方雜誌》 40 卷 8 號。施氏將唐詩分初、盛、中、晚四期，依五律、七律、五絕、七絕分別統計首數，此數字係將施氏的統計加以合計。

〔註4〕同註3。

〔註5〕輯錄標準同 18 頁統計表。

第一節 《全唐詩》中六句詩的作者與篇數

我們將《全唐詩》中所輯出的 699 首六句詩,按照作者本集的先後(無本集者依出現先後為序,無作者姓名者,則列在表的最後),在附錄一列有「全唐詩中六句詩的作者、篇名、頁數表」備查,下面是它的作者篇數簡表:

作 者	首數	備 註	作 者	首數	備 註
則天皇后	3		李 頎	6	
章懷太子	1		儲光羲	16	
蕭 妃	1		王昌齡	9	其中一首或作李端詩列此。
李 璟	1		常 建	3	
閻朝隱	1		李 嶷	3	
崔 液	2		劉長卿	18	
董思恭	1		顏眞卿	2	
盧照鄰	2		蕭穎士	7	
蘇 頲	1		崔 曙	1	
劉希夷	1		孟浩然	1	
陳子昂	9		李 白	27	
張 說	1		韋應物	22	其中一首或作岑參詩列此。
王 適	1	或作高適詩,列此。	岑 參	15	
沈佺期	1		張萬頃	1	
王紹宗	1		李康成	1	
元希聲	1		高 適	22	
張子容	2		鄒紹先	1	
薛 業	1		王 迥	1	
王 維	10		杜 甫	4	
祖 詠	1		錢 起	9	

作　者	首數	備　　註	作　者	首數	備　　註
元　結	7		王　建	6	
張　繼	1	或作韓翃詩列此。	陸　羽	1	
韓　翃	1		劉　迥	4	
獨孤及	1		李幼卿	4	
郎士元	4		李　深	4	
皇甫冉	8		羊　滔	4	
劉太眞	1		薛　戎	4	
袁　儋	1		謝　勳	4	
崔　何	1		武元衡	3	
王　緯	1		權德輿	12	
郭　澹	1		楊巨源	1	或作楊衡詩列此。
高　儋	1		韓　愈	6	
李　岑	1		柳宗元	5	
蘇　寓	1		劉禹錫	13	
袁　邕	1		張文規	1	
姚　係	1		皇甫松	2	
顧　況	9		呂　溫	2	
戎　昱	5		孟　郊	26	
竇叔向	2		張　籍	3	
朱長文	2		盧　仝	1	
戴叔倫	5		李　賀	3	
陸長源	1		劉　叉	3	
盧　綸	4		元　稹	10	
李　益	6	其中一首或作于鵠詩列此。	白居易	72	
李　端	13		楊　衡	6	

作　者	首數	備　　註	作　者	首數	備　　註
劉言史	1		陳　琡	1	
長孫佐輔	1		于　濆	5	其中一首或作羅隱詩列此。
雍裕之	1		許　棠	1	或作聶夷中詩列此。
李　涉	5		邵　謁	3	
李　廓	1		皮日休	1	
鮑　溶	16	其中一首或作鮑防詩列此。	陸龜蒙	5	
施肩吾	1		聶夷中	4	其中一首或作孟郊詩列此。
姚　合	21		李咸用	1	
張　祜	5		羅　隱	1	
杜　牧	9		唐彥謙	4	
許　渾	1		韓　偓	3	
李商隱	7		吳　融	2	
祝元膺	1		孫　偓	1	
馬　戴	3		黃　滔	1	
薛　能	3		蘇　拯	1	
李　節	1		賈　馳	1	
李群玉	1		徐　鉉	2	
賈　島	2		楊希道	2	
溫庭筠	1		陳　述	1	
劉　駕	9		唐　暄	1	
李　頻	1		顏真卿等	1	
曹　鄴	6		清晝等	1	
司馬札	1		張夫人	1	
鄭　愚	1		劉　雲	1	

作　者	首數	備　註	作　者	首數	備　註
張　琰	3	其中一首或作張瑛詩列此。	原陵老翁	1	
葛鴉兒	1		張生妻	1	
廉　氏	1		裴　略	1	
田　娥	2		張元一	1	
薛　濤	1		崔日用	1	
拾　得	2		李貞白	1	
皎　然	26		耿　湋	1	
貫　休	4		林　披	1	
希　道	1		崔　耿	1	
徐　侃	1		缺姓名	13	
韋　璜	1		合　計	699	

　　由上表，我們排出六句詩數量最多的前十名作家為：

作　者	首　數	作　者	首　數
白居易	72	高　適	22
李　白	27	姚　合	21
孟　郊	26	劉長卿	18
皎　然	26	鮑　溶	16
韋應物	22	儲光羲	16

　　這十位數量最多的前十名作家，相對的佳作也比較多，尤其是白居易、李白和孟郊。像白居易的〈山中與元九書因題書後〉、〈李白墓〉，李白的〈子夜吳歌〉、〈金陵酒肆留別〉，孟郊的〈遊子吟〉等詩，有許多都是大家耳熟能詳的，只是平時很少有人去注意這些詩都只有六句而已。雖然這十位作家是六句詩數量最多的作家，但是事實上他們作六句詩的數量，和四句八句詩簡直就不成比率。以白居易來說，他所作的六句詩雖然有 72 首之多，但和他的四句詩

801 首，八句詩 1041 首〔註6〕比較，這個數字就非常少了。並且上
表六句詩作家，雖然有一百五十多人，但和《全唐詩》所收的二千
多位作家比較，也只是其中的少數，同時這一百五十多人中，幾乎
半數都只有一首六句詩而已，可見六句詩到唐代仍只是人們偶而之
作，並不是一種普遍的詩體。

第二節　《全唐詩》中六句詩使用字數情形

我們將《全唐詩》中所輯出的 699 首六句詩，按照使用字數情形
列成下表：

言	三　言	四　言	五　言	六　言	七　言	雜　言	合　計
首數	4	16	503	2	100	74	699

從上表我們發現，六句詩使用字數以五言 503 首最多，占 72%，
其次為七言 100 首，占 14.3%，再其次為雜言 74 首，占 10.6%。五
言詩由於較四言詩在音節上多變化，在漢代以後就逐漸取代四言詩
的地位，成為中國詩「言」的主要形式。七言詩雖亦起於漢代，卻
一直到唐代才得到發展。〔註7〕因此不僅六句詩以五、七言居多，
其他詩體也以五、七言為多，尤其是五言，幾乎就成了詩歌字數的
主要形式。另外六句詩中雜言有 74 首，比率上要較四句、八句詩為
多，〔註8〕這是六句詩形式自由的特色之一。近人陳香選輯的《三
韻詩三百首》，〔註9〕共收唐代三韻詩五言 285 首，七言 37 首，大
致上五、七言三韻詩較為佳作的篇什，已被輯出，本文為避免重複，
五、七言部份就不再選錄，而於雜言的六句詩選出 17 首，列在附錄

〔註6〕此數目係《全唐詩》所收白居易詩篇數。
〔註7〕參 16 頁「從詩經至唐代中國詩字數的演變統計表」。
〔註8〕根據個人統計，《全唐詩》中雜言四句有 55 首，八句有 66 首，都不
　　　及六句 74 首多。假如從極大多數的唐詩都作四句、八句看，那麼四
　　　句、八句以雜言形式出現，比率上就要遠不及六句多了。
〔註9〕本書由台北：台灣商務印書館 1984 年 10 月初版。

二備參。我們認爲三韻詩除了齊言外，還有雜言，但因爲有部份雜言的六句詩，並不一定是三韻，所以我們的討論以句爲標準，而不以韻爲標準。

限於篇幅，對於六句詩「言」的形式，我們無法一一盡舉，下面謹就各種「言」的形式，分別各舉數首，以見其貌。

一、三　言

1. 三言〈擬五雜組〉二首其一　顏眞卿

五雜組，繡與錦。
往復還，興又寢。
不得已，病伏枕。

2. 同上其二

五雜組，甘鹹醋。
往復還，烏與兔。
不得已，韶光度。

二、四　言

1. 〈郊廟歌辭〉　壽和

工祝致告，徽音不遏。
酒醴咸旨，馨香具嘉。
受釐獻祉，永慶邦家。

2. 〈江有歸舟〉三章其一　蕭穎士

江有歸舟，亦亂其流。
之子言旋，嘉名孔修。
揚于王庭，允焯其休。

三、五　言

1. 〈送別〉　王維

下馬飲君酒，問君何所之。
君言不得意，歸臥南山陲。
但去莫復問，白雲無盡時。

2. 〈春思〉 李白

燕草如碧絲，秦桑低綠枝。
當君懷歸日，是妾斷腸時。
春風不相識，何事入羅幃。

3. 〈子夜吳歌·秋歌〉 李白

長安一片月，萬戶擣衣聲。
秋風吹不盡，總是玉關情。
何日平胡虜，良人罷遠征。

4. 〈登長城〉 李益

漢家今上郡，秦塞古長城。
有日雲長慘，無風沙自驚。
當今聖天子，不戰四夷平。

四、六 言

1. 〈顯和〉 武則天

顧德有慚虛菲，明祇屢降禎符。
氾水初呈秘象，溫洛薦表昌圖。
玄澤流恩載洽，丹襟荷渥增愉。

2. 〈又賜宴自歌〉 崔日用

東館總是鵷鸞，南台自多杞梓。
日用讀書萬卷，何忍不蒙學士。
墨制簾下出來，微臣眼看喜死。

五、七 言

1. 〈烏夜啼〉 李白

黃雲城邊烏欲棲，歸飛啞啞枝上啼。
機中織錦秦川女，碧紗如煙隔窗語。
停梭悵然憶遠人，獨宿孤房淚如雨。

2. 〈金陵酒肆留別〉 李白

風吹柳花滿店香，吳姬壓酒喚客嘗。
金陵子弟來相送，欲行不行各盡觴。

請君試問東流水，別意與之誰短長。

3. 〈漁翁〉 柳宗元

漁翁夜傍西巖宿，曉汲清湘燃楚竹。

煙銷日出不見人，欸乃一聲山水綠。

迴看天際下中流，巖上無心雲相逐。

4. 〈山中與元九書因題書後〉 白居易

憶昔封書與君夜，金鑾殿後欲明天。

今夜封書在何處，廬山庵裡晚燈前。

籠鳥檻猿俱未死，人間相見是何年。

六、雜　言

我們在附錄二選錄 17 首雜言六句詩，這樣雜言形式的六句詩在《全唐詩》中有 74 首，其中三、五雜言 10 首，三、七雜言 14 首，五、七雜言 29 首，三、五、七雜言 4 首，共 57 首，爲雜言六句詩使用字數最普遍的情形。其他 17 首大都爲七言或五言和其他言組合的形式，總之五、七言不論在齊言或雜言詩中，都是一種最適合音節變化的字數形式。雜言通常出現在奇數句或較長篇幅的詩，短篇的四句、八句詩很少以雜言的形式寫作，六句詩中居然有 74 首雜言，占 10.6%的比率，而且佳作不少，這是六句詩極爲特別的現象。下面我們舉三首雜言的六句詩，以見其貌：

1. 〈三五七言〉 李白

秋風清，秋月明。

落葉聚還散，寒鴉棲復驚。

相思相見知何日，此時此夜難爲情。

2. 〈秋夜雨中懷友〉 武元衡

庭空雨鳴驕，天寒雁啼苦。

青燈炎吐光，白髮悄無語。

幾年不與聯床吟，君方客吳我猶楚。

3. 〈花非花〉 白居易

花非花，霧非霧。

夜半來，天明去。

來如春夢幾多時，去似朝雲無覓處。

許多雜言的六句詩，長短句的字數組合形式很像後來的詞，像白居易的〈花非花〉本是長短句詩，而後人有名之爲詞者，〔註10〕李白的〈三五七言〉（秋風清……）爲〈江南春〉詞體之濫觴。〔註11〕這些雜言形式的六句詩，在外形上雖然和詞很像，但因押韻和平仄與詞的條件不同，畢竟不是詞，不過它們的長短句形式，對於詞的形式有影響，這是可以肯定的。

第三節 《全唐詩》中六句詩的平仄黏對情形

唐詩在南朝推行聲律說的基礎上，逐漸地發展成平仄用韻皆有定則的近體格律。在平仄上不僅講究「對」，尤其講究聯與聯之間的「黏」，這是唐代近體格律在齊梁體上最大的突破。〔註12〕六句詩的句數並不屬於近體絕句、律詩、排律的篇幅範圍，但在唐代近體詩普遍流行的影響下，也用近體的格律寫作。於是五七言齊言的六句詩，也和五七言齊言的四句、八句、十二句詩一樣，有用近體格律寫作，也有用古體的形式寫作。

我們將《全唐詩》中所輯出的 699 首六句詩，除去屬於古體的三言 4 首、四言 16 首、六言 2 首、雜言 74 首，剩下含有古體和近體的五言詩 503 首、七言詩 100 首，我們把它們的平仄黏對情形分

〔註10〕（清）萬樹《詞律》即將「花非花」列爲詞牌。

〔註11〕見《索引本詞律》卷一寇準〈江南春〉「波渺渺，柳依依。孤村芳草遠，斜日杏花飛。江南春盡離腸斷，萍滿汀洲人未歸。」兩三兩五兩七，或曰此萊公自度曲，無他作者。余謂唐李青蓮詩秋風清……，即此調之濫觴耳。（台北：廣文書局 1971 年 9 月初版）頁 20。

〔註12〕齊梁體只注重對，還沒有黏的觀念。馮班《鈍吟雜錄》：「齊梁體特色略避雙聲疊韻，文不粘綴……平仄不相儷。」李鍈《詩法易簡錄》：「齊梁體有平仄而乏粘聯。」趙執信《聲調譜》：「齊梁體下聯與上聯不粘，只本句調。」直到唐代近體詩，才嚴格訂出合平仄黏對的格律。

析如下：

平仄黏對 言	合黏對	不合黏對	合 計	備 註
七 言	26	74	100	合黏對中 6 首有拗句
五 言	74	429	503	合黏對中 22 首有拗句
合 計	100	503	603	

　　從上表看五、七齊言六句詩只有 100 首合乎近體的平仄黏對，而卻有 503 首是用作古體詩的形式寫，足以證明近體詩韻數尚偶排奇，只因爲當時近體詩盛行，詩人因而利用近體的格律寫三韻短篇。下面我們從平仄黏對看《全唐詩》中六句詩的形貌：

一、不合黏對

　　不合黏對的六句詩爲《全唐詩》中六句詩最多的形式，它通常押三個腳韻（首句入韻不計），不論齊言或雜言都可稱爲三韻短古。〔註13〕這種三韻短古的形式，除了句數限定六句外，其他和古詩完全無異。〔註14〕

（一）五言三韻短古

甲、首句入韻

　　1. 〈雜詩〉　張説

　　　　抱薰心常焦，舉袘心常搖。

　　　　天長地自久，懽樂能幾朝。

　　　　君看西陵樹，歌舞爲誰嬌。

〔註13〕通常討論三韻詩都以五七言爲主，但因爲雜言六句詩也有用三韻命題，因此我們認爲三韻短古除了齊言的字數形式外，還應包括雜言。

〔註14〕董文渙《聲調四譜》將五、七言三韻小律特別論列，可是在論五言三韻短古時，第一首即收入蘇頲的〈昆明池晏坐王兵部珣見示以三韻因而有答〉三韻小律，我們認爲既要討論三韻詩的古或律，就不能因爲它只作六句，而隨意歸屬到三韻短古，應以句子是否合律爲劃分依據。

2. 〈早梅〉 孟浩然

園中有早梅，年例犯寒開。
少婦曾攀折，將歸插鏡台。
猶言看不足，更欲剪刀裁。

乙、首句不入韻

1. 〈釣魚灣〉 儲光羲

垂釣綠灣春，春深杏花亂。
潭清疑水淺，荷動知魚散。
日暮待情人，維舟綠楊岸。

2. 〈春江花月夜〉 張子容

林花發岸口，氣色動江新。
此夜江中月，流光花上春。
分明石潭裡，宜照浣紗人。

（二）七言三韻短古

甲、首句入韻

1. 〈銀山磧西館〉 岑參

銀山磧口風似箭，鐵門關西月如練。
雙雙愁淚沾馬毛，颯颯胡沙迸人面。
丈夫三十未富貴，安能終日守筆硯。

2. 〈東溪待蘇戶曹不至〉 張萬頃

洛陽城東伊水西，千花萬竹使人迷。
台上柳枝臨岸低，門前荷葉與橋齊。
日暮待君君不見，長風吹雨過青溪。

乙、首句不入韻

1. 〈洪州客舍寄柳博士芳〉 薛業

去年燕巢主人屋，今年花發路傍枝。
年年爲客不到舍，舊國存亡那得知。
胡塵一起亂天下，何處春風無別離。

2. 〈臨都驛送崔十八〉 白居易

　　　　勿言臨都五六里，扶病出城相送來。

　　　　莫道長安一步地，馬頭西去幾時迴。

　　　　與君後會知何處，爲我今朝盡一杯。

（三）雜言三韻短古

甲、首句入韻

1. 〈回紇商調曲〉　佚名

　　曾聞瀚海使難通，幽閨少婦罷裁縫。

　　緬想邊庭征戰苦，誰能對鏡治愁容。

　　久戍人將老，須臾變作白頭翁。

2. 〈新安送陸澧歸江陰〉　　劉長卿

　　新安路，人來去。

　　早潮復晚潮，明日知何處。

　　潮水無情亦解歸，自憐長在新安住。

乙、首句不入韻

1. 〈雪晴訪趙嘏街西所居三韻〉　　杜牧

　　命代風騷將，誰登李杜壇。

　　少陵鯨海動，翰苑鶴天寒。

　　今日訪君還有意，三條冰雪獨來看。

2. 〈席上答微之〉　　白居易

　　我住浙江西，君去浙江東。

　　勿言一水隔，便與千里同。

　　富貴無人勸君酒，今宵爲我盡杯中。

二、合黏對

　　合於平仄黏對的六句詩，在《全唐詩》中僅 100 首。其中七言 26 首，五言 74 首，這種合於平仄黏對，但比絕句多做二句，比律詩少做二句的六句詩，就是所謂的「三韻小律」。它的平仄格律和律詩的前三聯完全相同，對仗方面，律詩頷、頸兩聯通常都作對仗，而三韻小律則中間聯通常都作對仗，比律詩少了一聯對仗。在押韻方面，

這100首三韻小律全押平聲韻，和唐代近體詩絕大多數押平聲韻是一樣的，我們很難找到一首押仄聲韻的三韻小律。下面我們分別就五言、七言三韻小律，敘述它們的平仄格式：

（一）五言三韻小律
甲、仄起式，共 31 首

　　1. 首句入韻共 12 首，舉 2 首如下：

　　　（1）〈少年行〉　李巘

　　　　　十八羽林郎　仄仄仄平平
　　　　　戎衣侍漢王　平平仄仄平
　　　　　臂膺金殿側　平平平仄仄
　　　　　挾彈玉輿旁　仄仄仄平平
　　　　　馳道春風起　仄仄平風起
　　　　　陪游出建章　平平仄仄平

　　　（2）〈拋毬樂詞〉　劉禹錫

　　　　　五綵繡團圓　仄仄仄平平
　　　　　登君玳瑁筵　平平仄仄平
　　　　　最宜紅燭下　平平平仄仄
　　　　　偏稱落花前　仄仄仄平平
　　　　　上客如先起　仄仄平仄仄
　　　　　應須贈一船　平平仄仄平

　　2. 首句不入韻，共 19 首，舉 2 首如下：

　　　（1）〈白鷺詠〉　李端

　　　　　迥起來應近　仄仄平平仄
　　　　　高飛去自遙　平平仄仄平
　　　　　映林同落雪　平平平仄仄
　　　　　拂水狀翻潮　仄仄仄平平
　　　　　猶有幽人興　仄仄平人興
　　　　　相逢到碧霄　平平仄仄平

　　　（2）〈李員外寄紙筆〉　韓愈

題是臨池後　　仄仄平平仄

分從起草餘　　平平仄仄平

兔尖針莫並　　平平平仄仄

繭淨雪難如　　仄仄仄平平

莫怪殷勤謝　　仄仄平平仄

虞卿正著書　　平平仄仄平

乙、平起式，共43首

1.首句入韻，共9首，舉2首如下：

（1）〈觀回軍三韻〉　李益

行行上隴頭　　平平仄仄平

隴月暗悠悠　　仄仄仄平平

萬里將軍沒　　仄仄平平仄

回旌隴戍秋　　平平仄仄平

誰令鳴咽水　　平平平仄仄

重入故營流　　仄仄仄平平

（2）〈遊爛柯山〉四首其一

尋源路不迷　　平平仄仄平

絕頂與雲齊　　仄仄仄平平

坐引群峰小　　仄仄平平仄

平看萬木低　　平平仄仄平

雙林春色上　　平平平仄仄

正有子規啼　　仄仄仄平平

2. 首句不入韻，共34首，舉二首如下：

（1）〈東門送客〉　李端

綠楊新草路　　平平平仄仄

白髮故鄉人　　仄仄仄平平

既壯還應老　　仄仄平平仄

遊梁復滯秦　　平平仄仄平

逢花莫漫折　　平平平仄仄

能有幾多春　　仄仄仄平平

（2）〈酬楊侍御寺中見招〉　　皇甫冉

　　貧居依柳市　　平平平仄仄

　　閒步在蓮宮　　仄仄仄平平

　　高閣宜春雨　　仄仄平平仄

　　長廊好嘯風　　平平仄仄平

　　誠如雙樹下　　平平平仄仄

　　豈比一丘中　　仄仄仄平平

二、七言三韻小律

甲、平起式，共 17 首

1. 首句入韻，共 9 首，舉 2 首如下：

　（1）〈題孤山寺山石榴花示諸僧眾〉　　白居易

　　山榴花似結紅巾　　平平仄仄仄平平

　　容豔新妍占斷春　　仄仄平平仄仄平

　　色相故關行道地　　仄仄平平平仄仄

　　香塵擬觸坐禪人　　平平仄仄仄平平

　　瞿曇弟子君知否　　平平仄仄平平仄

　　恐是天魔女化身　　仄仄平平仄仄平

　（2）〈三月晦日晚聞鳥聲〉　　白居易

　　晚來林鳥語殷勤　　平平仄仄仄平平

　　似惜風光說向人　　仄仄平平仄仄平

　　遣脫破袍勞報煖　　仄仄平平平仄仄

　　催沽美酒敢辭貧　　平平仄仄仄平平

　　聲聲勸醉應須醉　　平平仄仄平平仄

　　一歲唯殘半日春　　仄仄平平仄仄平

2. 首句不入韻，共 8 首，舉 2 首如下：

　（1）〈感櫻桃花因招飲客〉　　白居易

　　櫻桃昨夜開如雪　　平平仄仄平平仄

　　鬢髮今年白似霜　　仄仄平平仄仄平

　　漸覺花前成老醜　　仄仄平平平仄仄

　　　　何曾酒後更顛狂　　平平仄仄仄平平

　　　　誰能聞此來相勸　　平平仄仄平平仄

　　　　共泥春風醉一場　　仄仄平平仄仄平

　　（2）〈自解〉　白居易

　　　　房傳往世爲禪客　　平平仄仄平平仄

　　　　王道前生應畫師　　仄仄平平仄仄平

　　　　我亦定中觀宿命　　仄仄平平平仄仄

　　　　多生債負是歌詩　　平平仄仄仄平平

　　　　不然何故狂吟詠　　平平仄仄平平仄

　　　　病後多於未病時　　仄仄平平仄仄平

乙、仄起式，共9首

　1. 首句入韻，共4首，舉2首如下：

　　（1）〈過高將軍墓〉　　白居易

　　　　原上新墳委一身　　仄仄平平仄仄平

　　　　城中舊宅有何人　　平平仄仄仄平平

　　　　妓堂賓閣無歸處　　平平仄仄平平仄

　　　　野草山花又欲春　　仄仄平平仄仄平

　　　　門客空將感恩淚　　仄仄平平平仄仄

　　　　白楊風裡一霑巾　　平平仄仄仄平平

　　（2）〈李白墓〉　白居易

　　　　采石江邊李白墳　　仄仄平平仄仄平

　　　　遶田伙限草連雲　　平平仄仄仄平平

　　　　可憐荒壟窮泉骨　　平平仄仄平平仄

　　　　曾有驚天動地文　　仄仄平平仄仄平

　　　　但是詩人多薄命　　仄仄平平平仄仄

　　　　就中淪落不過君　　平平仄仄仄平平

　2. 首句不入韻，共5首，舉2首如下：

　　（1）〈酬樂天書後三韻〉　　元稹

　　　　今日廬峰霞遶寺　　仄仄平平平仄仄

　　　　昔時鸞殿鳳迴書　　平平仄仄仄平平

兩封相去八年後　平平仄仄平平仄
一種俱云五夜初　仄仄平平仄仄平
漸覺此生都是夢　仄仄平平平仄仄
不能將淚滴雙魚　平平仄仄仄平平

（2）〈蘇州柳〉　　白居易

金谷園中黃嫋娜　仄仄平平平仄仄
曲江亭畔碧婆娑　平平仄仄仄平平
老來處處遊行徧　平平仄仄平平仄
不似蘇州柳最多　仄仄平平仄仄平
絮撲白頭條拂面　仄仄平平平仄仄
使君無計奈春何　平平仄仄仄平平

　　綜觀《全唐詩》中六句詩的平仄黏對，三韻短古和古詩一樣，不講求平仄黏對；三韻小律的平仄黏對，則正好介於律、絕之間，〔註15〕將絕句首聯的平仄格律重覆一次，或將律詩尾聯的平仄格律截去，造成一種比較獨特的格律形式。

第四節　《全唐詩》中六句詩的押韻情形

　　聲律的內涵除了平仄之外，押韻尤其重要。韻的主要功用在造成音節的前後呼應和和諧，（明）陸時雍《詩鏡總論》指出詩「有韻則生，無韻則死。有韻則雅，無韻則俗。有韻則響，無韻則沈。有韻則遠，無韻則局。」〔註16〕，更見押韻是詩的靈魂，詩因為押韻才更顯得音節頓挫。古體詩的押韻比較寬，除了同用韻外，還准許通韻、合韻、換韻；而近體詩則必須一韻到底，不可通韻、換韻。下面我們分別從韻腳和首句入韻兩方面，探討《全唐詩》中六句詩的押韻情形。

〔註15〕關於律、絕的平仄格律，見王力《古代漢語》卷三十「詩律」（下）。
〔註16〕見陸時雍《詩鏡總論》（丁仲祜編訂《續歷代詩話》，台北：藝文印書館 1974 年 4 月 31 版）葉 14。

一、韻腳方面

我們將《全唐詩》中所輯出的 699 首六句詩，韻腳情形列成下表：

平仄 押韻 言	合律 平韻 同用	合律 平韻 通用	合律 小計	不合律 平韻 同用	不合律 平韻 通用	不合律 平韻 換韻	不合律 平韻 小計	不合律 仄韻 同用	不合律 仄韻 通用	不合律 仄韻 上去通押	不合律 仄韻 換韻	不合律 仄韻 小計	平仄換韻	合計	總計
三 言				1			1	3				3		4	4
四 言				10			10	4	1			5	1	16	16
五 言	72	2	74	223	9	3	235	142	42	4	1	189	5	429	503
六 言				1			1					1		2	2
七 言	26		26	26			26	18	6		2	27	21	74	100
雜 言				24	5	1	30	19	7	2	1	29	15	74	74
合 計	98	2	100	285	14	4	303	187	56	8	3	254	42	599	699

由上表我們看出《全唐詩》中合律的六句詩 100 首全押平聲韻，不合律的六句詩押平聲韻的有 303 首，總共 403 首押平聲韻，而押仄聲韻的有 254 首，平仄換韻的有 42 首，大致上不論合律或不合律都以押平聲韻占多數。六句詩押韻上比較值得提出來說明的有三點：

（一）合律的六句詩偶有用古體詩通韻的情形

合律的六句詩全使用平聲本韻或同用韻，只有二首使用古體的通韻。

1. 微、齊通韻

〈鶯雛〉　鮑溶

雙鶯銜野蝶，枝上教雛飛。　八微

避田花陰語，愁風竹裡啼。　十二齊

須防美人賞，為爾好毛衣。　八微

2. 之、微通韻

〈抛毬樂辭〉二首（其二）　　徐鉉

灼灼傳花枝，紛紛度畫旗。　　七之

不知紅燭下，照見彩毬飛。　　八微

借勢因期剋，巫山暮雨歸。　　八微

微齊、之微本屬於古體詩的通韻，現在合律的六句詩也使用古體詩的通韻，關於這種現象王力在他的《中國詩律研究》探討近體詩的用韻時曾說：「盛唐（約在公元 713 至 779）以前，除上面所說「欣」韻的情形之外，近體詩絕不出韻；中唐（約在公元 780 至 840）以後，偶然不免有出韻的情形。」〔註17〕鮑溶為中唐時人，徐鉉為五代時人，他們所做合律的六句詩，或許是用古風的寬韻來寫。也可能如耿志堅〈唐代近體詩用韻通轉現象之探討〉一文所說「中唐及晚唐時期微韻通支脂之，轉聲通齊麻。」〔註18〕那麼六句詩中微齊、之微相押，並無異於唐代近體詩的押韻現象。

（二）不合律六句詩偶有上去通押情形

上去通押是古體詩中比較特殊的押韻現象，〔註19〕六句詩中五言有 4 首、七言有 2 首、雜言有 2 首上去通押。

1. 五　言

〈題金州西園〉九首（其八）　　姚合

茅堂階豈高，數寸是苔蘚。　　二十八獮

只恐秋雨中，窗户亦不濺。　　三十三線

眼前無此物，我情何由遣。　　二十八獮

〈遼陽行〉　　于濆

遼陽在何處，妾欲隨君去。　　八語

義合齊死生，本不誇機杼。　　八語

〔註17〕見《中國詩律研究》（台北：文津出版社，1987 年 8 月出版）頁 48。

〔註18〕耿志堅文載《中華學苑》29 期，1984 年 6 月。

〔註19〕王力《中國詩律研究》於「古體詩的用韻」節，以及《古代漢語》卷二十九「詩律」（上），曾提到古詩上去通押的情形。

誰能守空閨，虛門遼陽路。　十一暮

其他像杜牧的〈芭蕉〉用「用、送、董」、拾得的〈詩〉用「過、果、過」，都是上去通押的五言六句詩。

2. 七　言

〈通州丁溪館夜別李景信〉三首（其一）　　元稹

月濛濛兮山掩掩，束束別魂眉斂斂。　五十五豔

蠱瑗覆時天欲明，碧幌青燈風灩灩。　五十琰

淚消語盡還暫眠，唯夢千山萬山險。　五十琰

〈採蓮曲〉二首（其一）　　鮑溶

弄舟掲來南塘水，荷葉映身摘蓮子。　六止

暑衣清淨駕鴦喜，作浪舞花驚不止。　六止

殷勤護惜纖纖指，水菱初熟多新刺。　五寘

3. 雜　言

〈登山歌〉　　皇甫冉

青山前，青山後。　五十候

登高望兩處，兩處今何有。　四十四有

煙景滿川原，離人堪白首。　四十四有

〈休洗紅〉　　李賀

休洗紅，洗多紅色淺。　二十八獮

卿卿騁少年，昨日殷橋見。　三十二霰

封侯早歸來，莫作弦上箭。　三十三線

（三）不合律六句詩有換韻的現象，尤其七言和雜言六句詩更 常使用平仄換韻

換韻通常出現於長篇古風，雖有二句一換，但大部份還是四句一換為多，有時候還從平聲韻換到仄聲韻，或從仄聲韻換到平聲韻，以增加音節的起伏變化。但四句八句的短製比較少用換韻，主要因為四句八句篇幅已經很短，假如二句一換韻，更加顯得音節的急促，但在六句詩中有平聲換韻、仄聲換韻、平仄換韻，尤其是雜言詩和七言詩平仄換韻的情形最多，分別說明如下：

1. 平聲換韻

五言詩中有 3 首，雜言詩中有 1 首平聲換韻的情形。

（1）五　言

〈上清寶鼎詩〉　李白

我居清空表，君處紅埃中。　　一東

仙人持玉尺，廢君多少才。　　十六咍

玉尺不可盡，君才無時休。　　十八尤

東、咍、尤三不同用的平韻換韻。

〈小池〉二首（其一）　白居易

晝倦前齋熱，晚愛小池清。　　十四清

映林餘景沒，近水微涼風。　　一東

坐把蒲葵扇，閒吟三兩聲。　　十四清

清韻換東韻，又換回清韻。

〈捕漁謠〉　曹鄴

天子好征戰，百姓不種桑。　　十一唐

天子好年少，無人薦馮唐。　　十一唐

天子好美女，夫婦不成雙。　　四江

前兩聯唐韻，第三聯換江韻。

（2）雜　言

〈贈釋疏言還道林寺詩〉（其二）　李節

湘水滔滔兮四望何依，猿狖騰挐兮雲樹飛飛。　　八微

月沈浦兮煙暝山，牆席卷兮檜床閒。　　二十八山

偃仰兮嘯詠，鼓長江兮何時還。　　二十七刪

第一聯用微韻，第二聯轉山韻，第三聯通刪韻。

2. 仄聲換韻

五七言詩和雜言詩中，各有一首。

（1）五　言

〈遊爛柯山〉　羊滔

仙山習禪處，了知通李釋。　二十二昔
昔作異時人，今成相對寂。　二十三錫
便是不二門，自生瞻仰意。　七志
　一、二聯昔、錫兩入韻相通，第三聯轉去聲志韻。

（2）七　言
〈弦歌行〉　孟郊
驅儺擊鼓吹長笛，瘦鬼染面惟齒白。　二十陌
暗中峯峯拽茅鞭，倮足朱褌行戚戚。　二十三錫
相顧笑聲衝庭燎，桃弧射矢時獨叫。　三十四嘯
　一、二聯陌、錫兩入韻相通，第三聯轉去聲嘯韻。

（3）雜　言
〈授炙轂子歌〉二首（其一）　希道
木津天魂，金液地魄。　十九鐸
坎離運行寬無成，金木有數秦晉合。　二十七合
近郊宜六旬，遠期三載闊。　十三末
　一、二、三聯用入聲三不同用韻。

3. 平仄換韻
　　六句詩中平仄換韻共42首，四言1首，五言5首，七言21首，雜言15首。

（1）四　言
〈江有楓〉一篇十章（其八）　蕭穎士
我思震澤，菱芡幕幕。　十九鐸
寤寐如覿，我思剡溪。　十二齊
杉篠蓁蓁，寤寐無迷。　十二齊
　入聲鐸韻轉平聲齊韻，全詩除第三句外句句入韻。

（2）五　言
〈歸山〉　劉希夷
歸去嵩山道，煙化覆青草。　三十二皓
草綠山無塵，山青楊柳春。　十八諄

－72－

日暮松聲合，空歌思殺人。　十七眞

去聲皓韻轉平聲諄韻（通眞韻），全詩除第五句外句句入韻。

〈反賈客樂〉　劉駕

無言賈客樂，賈客多無墓。　十一暮
行舟觸風浪，盡入魚腹去。　九御
農夫更苦辛，所以羨爾身。　十七眞

去聲暮、御轉平聲眞韻。

　其他像劉駕的〈唐樂府〉十首其八，入聲德韻換平聲眞韻，于濆的〈野蠶〉，上聲銑、緩換平聲微韻，陸龜蒙的〈門前路〉，入聲燭、屋換平聲山韻。

（3）七　言

〈烏夜啼〉　李白

黃雲城邊烏欲棲，歸飛啞啞枝上啼。　十二齊
機中織錦秦川女，碧紗如煙隔窗語。　八語
停梭悵然憶遠人，獨宿孤房淚如雨。　九麌

平聲齊韻轉上聲語、麌，全詩除第五句外句句入韻。

〈思邊〉　李白

去年何時君別妾，南園綠草飛蝴蝶。　三十帖
今歲何時妾憶君，西山白雪暗晴雲。　二十文
玉關去此三千里，欲寄音書那可聞。　二十文

入聲帖韻轉平聲文韻，全詩除第五句外，句句入韻。

〈巴陵寄李二戶部張十四禮部〉　杜甫

江南春草初冪冪，愁殺江南獨愁客。　二十陌
秦中楊柳也應新，轉憶秦中相憶人。　十七眞
萬里鶯花不相見，登高一望淚沾巾。　十七眞

入聲陌韻轉平聲眞韻，全詩除第五句外句句入韻。

　這樣平仄換韻的七言六句詩很多，我們把它們列成下面簡表：

作　者	篇　名	韻　腳	備　註
顧　況	龍宮操	七之、三燭、三燭	
顧　況	嵇山道芬上人畫山水歌	二十文、二十文、十五卦	
顧　況	洛陽行送洛陽韋七明府	一先、十月、十月	僅第五句不入韻
李　端	送客東歸	十月、十七薛、十陽	僅第三句不入韻
王　建	寄遠曲	九麌、八語、七之	
韓　愈	汴州亂（其二）	五支、三十五馬、七歌	每句入韻
張　籍	寄遠曲	二十四緩、二十四緩、四宵	
張　籍	泗水行	二十四緩、二十四緩、十四清	每句入韻
李　賀	河南府試十二月樂詞（其中十一月）	十陽、四十四有、九御	每句入韻
元　稹	夜別筵	十陽、十陽、十五海	每句入韻
元　稹	三泉驛	六至、六至、十七眞	僅第三句不入韻
白居易	寄李蘇州兼示楊瓊	二十陌、一東、一東	僅第五句不入韻
楊　衡	宿雲溪觀賦得秋燈引送客	二十三錫、二十四職、七歌	僅第三句不入韻
劉言史	春過趙墟	十七薛、十七薛、十八諄	僅第三句不入韻
李　廓	猛士行	二十五德、二十五德、十二庚	僅第三句不入韻
羅　隱	江南別	十七薛、十七薛、五支	僅第三句不入韻
葛鴉兒	古意曲	二十五寒、四十七寢、四十七寢	僅第五句不入韻
皎　然	述夢	十七薛、三鍾、三鍾	僅第五句不入韻

　　七言六句詩除了韻腳平仄換韻外，其他句也習慣入韻，尤其喜歡在第三、五句不入韻，造成變化。

（4）雜言

〈榆林郡歌〉　王維

　　山頭松柏林，山下泉聲傷客心。　二十一侵

　　千里萬里春草色，黃河東流流不息。　二十四職

　　黃龍戍上游俠兒，愁逢漢使不相識。　二十四職

平聲侵韻轉入聲職韻，全詩除第五句不入韻外，句句入韻。

〈烏棲曲〉 王昌齡

　白馬逐朱車，黃昏入狹邪。　　九麻

　柳樹烏爭宿，爭枝未得飛上屋。　　一屋

　東房少婦婿從軍，每聽烏啼知夜分。　　二十文

平聲麻韻轉入聲屋韻，再轉平聲文韻，全詩每句入韻。

其他雜言平仄換韻的六句詩，我們把它們列成下面簡表：

作　者	篇　　名	韻　　腳	備　　註
劉長卿	弄白鷗歌	十七薛、十月、十九侯	
李　白	野田黃雀行	三十二霰、七歌、七歌	
韋應物	難言	十虞、二十四緩、二十四緩	
李康成	江南行	十二齊、十二齊、二十四職	句句入韻
錢　起	行路難	一月、一東、一東	除第五句外，句句入韻
顧　況	烏夜啼二首（其二）	十二齊、三燭、三燭	除第五句外，句句入韻
王　建	望夫石	十八尤、十九侯、八語	
權德輿	渡江秋怨	十二庚、十四清、二十六產	句句入韻
李　賀	河南府試十二月樂詞（其中六月）	一屋、十六哈、十六哈	除首句外，句句入韻
元　積	答子蒙	二十文、十七薛、十姥	每句入韻
白居易	隔浦蓮	十五海、十五海、七之	
白居易	醉題沈子明壁	一屋、三燭、二十文	除第三句外，句句入韻
張　祐	拔蒲歌	一先、九御、九虞	除首句外，句句入韻

　　雜言平仄換韻的六句詩和七言平仄換韻的六句詩一樣，都喜歡句句入韻，或在某一句不入韻，造成格律上的變化。雖然唐以後七言及雜言古詩不乏轉韻的情形，[註20]但是有那麼多短篇幅的六句詩平仄

――――――――――――

〔註20〕見王力《中國詩律研究》頁 326，「總之，轉韻詩在唐以前很少，唐

轉韻，恐怕是四句八句詩少有的吧！

二、首句入韻方面

我們將《全唐詩》中所輯出的 699 首六句詩，分成合律與不合律兩部份，探索它們首句用韻（含鄰韻和通韻）情形：

平仄 首數 言	合　　律			不　合　律			合　　計		總 計
	入韻	不入韻	小計	入韻	不入韻	小計	入韻	不入韻	
三　言					4	4		4	4
四　言				3	13	16	3	13	16
五　言	21	53	74	38	391	429	59	444	503
六　言					2	2		2	2
七　言	13	13	26	46	28	74	59	41	100
雜　言				26	48	74	26	48	74
合　計	34	66	100	113	486	599	147	552	699

從上表看《全唐詩》中六句詩首句入韻情形，合律部份超過 1/3，尤其是七言六句詩半數首句入韻，比五言為多。在不合律部份，首句入韻不到 1/5，尤其是五言詩，首句入韻還不到 1/10，但七言詩首句入韻卻超過 3/5 以上，可見不論合不合律，或者詩句多少，七言詩通常以首句入韻為多，而五言詩則以首句不入韻較為常見。〔註21〕四言、五言雖然亦有首句入韻的情形，但總不及七言多。至於雜言詩首句入韻，雖然不如七言詩多，但也超過 1/3 以上，算是相當普遍，這也是其他句數的雜言詩共有的現象。首句入韻的詩例，我們在上節討論六句詩的平仄格律時已舉例，這裡就不再贅述了。

　　　以後卻盛行；唐以後，五言詩轉韻也頗少，七言及雜言轉韻最
　　　多。……」
〔註21〕有關這種現象產生的說法，見王力《中國詩律研究》頁 15～17。

第五節　《全唐詩》中六句詩的對偶情形

　　中國文字的性質，除了一字一音節，十分適合於平仄上的對偶外；又因爲一字一形體，也十分適合於外形上和意思上的對偶，因此早在《詩經》時代就有「昔我往矣，楊柳依依；今我來思，雨雪霏霏」〈小雅·采薇〉之類工整的對句，可見對偶觀念，很早就成爲中國文學的特色。其後楚辭、漢魏詩都不乏對句，不須多加說明。（清）錢木庵《唐音審體》說：「晉排偶之始也；齊梁排偶之盛也；陳隋排偶之極也。」〔註22〕足見排偶之風在齊梁陳隋時代的盛行。近人吳小平〈論五言律詩對偶形式的形成〉一文，〔註23〕曾就六朝的五言八句詩 993 首，分析它們對偶的情形，共有 876 首詩用對偶，占 88%。由於當時對排偶的重視，像劉勰《文心雕龍》專辟〈麗辭〉討論對偶；蕭子顯說：「今之文章，約有三體，其中一體就是"輯事比類，非對不發"。」〔註24〕在這樣大力推行對偶的情況下，不獨五言八句詩特別講求對偶，其他體式的詩使用對偶的情形，亦十分普遍。唐代在六朝文學極重視對偶的基礎上，有初唐宮廷詩人上官儀的六對、八對說，從事詩句對偶方法分類；加上《筆札華梁》、《詩髓腦》、《唐詩新定體》之類的詩法書，爲近體詩格律的產生催生，〔註25〕因而形成更精緻的唐詩。唐代近體詩形成之後，對偶雖然不是絕句的必要條件，但因爲受到六朝以來對偶風氣的影響，許多絕句亦講求對仗，有前兩句對，有後兩句對，亦有四句皆對的情形。律詩頷頸兩聯通常都作對仗，而它的數量在唐代各種詩體中又最多，可以想見唐詩對偶的情形必然相當普遍。不是定體的六句詩在這樣注重對偶的環境中，它的對偶方式如何呢？我們將《全唐詩》

〔註22〕見錢木庵《唐音審體》「四言五言論」。（丁仲祜編訂《清詩話》，台北：藝文印書館 1971 年 10 月版）葉 2。
〔註23〕吳小平文載《蘇州學報》，1986 年 2 期。
〔註24〕見《南齊書》〈文學傳論〉。
〔註25〕見王夢鷗撰〈有關唐代新體詩成立之兩種殘書〉一文，《中華學苑》17 卷，1976 年 3 月。

中所輯出的 699 首六句詩，除去不易討論對仗的雜言六句詩，以及比較少數的三言、四言、六言六句詩，剩下七言六句詩 100 首，五言六句詩 503 首，分成合律與不合律兩部份，把它們對偶的方式分析如下表：

項目\首數\體式	六句詩數量	六句詩使用對偶數量	對偶情形						不對偶
			三聯對	前聯二對	後聯二對	首聯對	中聯對	尾聯對	
七言合律	26	19		3	1	4	11		7
五言合律	74	56	1	10	1	5	43		18
合　計	100	75	1	13	2	5	54		25
七言不合律	74	22		4			14	1	52
五言不合律	429	151	1	19	1	30	98	2	278
合　計	503	173	1	23	1	33	112	3	330
總　計	603	248	2	36	3	38	166	3	355

　　由上表我們歸納出六句詩對偶的一般現象爲：

一、合律六句詩有 75%對偶，並且大部分都是中聯對偶。

二、不合律六句詩對偶不如合律六句詩多，只有 34%，也以中聯對偶居多。

三、除了中聯對偶外，以首聯對偶和前二聯對偶較多，三聯都對、後二聯對、尾聯對的情形最爲少見。

　　下面我們就合律與不合律的六句詩對偶方式，分別舉例說明：

一、合　律

1. 三聯對

〈酬楊侍御寺中見招〉　皇甫冉

貧居依柳市，閒步在蓮宮。

高閣宜春雨，長廊好嘯風。
誠如雙樹下，豈比一丘中。

2. 前二聯對

〈盧侍御小妓乞詩座上留贈〉 白居易
鬱金香汗裛歌巾，山石榴花染舞裙。
好似文君還對酒，勝於神女不歸雲。
夢中那及覺時見，宋玉荊王應羨君。

〈少年行〉三首（其三） 李嶷
玉劍膝邊橫，金杯馬上傾。
朝遊茂陵道，夜宿鳳凰城。
豪吏多猜忌，無勞問姓名。

3. 後二聯對

〈十二年冬江西溫暖喜元八寄金石稜到因題此詩〉 白居易
今冬臘候不嚴凝，暖霧溫風氣上騰。
山腳崦中纔有雪，江流慢處亦無冰。
欲將何藥防春瘴，只有元家金石稜。

〈病後遊青龍寺〉 李端
病來形貌穢，齋沐入東林。
境靜聞神遠，身羸向道深。
芭蕉高自折，荷葉大先沈。

4. 首聯對

〈自解〉 白居易
房傳往世爲禪客，王道前生應畫師。
我亦定中觀宿命，多生債負是歌詩。
不然何故狂吟詠，病後多於未病時。

〈拋毬樂辭〉二首（其二） 徐鉉
灼灼傳花枝，紛紛度畫旗。
不知紅燭下，照見彩毬飛。
借勢因期剋，巫山暮雨歸。

5. 中聯對

〈暮春戲贈樊宗憲〉　　鮑溶

羌笛胡琴春調長，美人何處樂年芳。
野船弄酒鴛鴦醉，官路攀花騾裹狂。
應和朝雲垂手語，肯嫌夜色斷刀光。

〈柘枝詞〉三首（其二）　　薛能

懸軍征拓羯，內地隔蕭關。
日色崑崙上，風潮朔漠間。
何當千萬騎，颯颯貳師還。

6. 不對偶

〈閏九月九日獨飲〉　　白居易

黃花叢畔綠尊前，猶有些些舊管弦。
偶遇閏秋重九日，東籬獨醉一陶然。
自從九月持齋戒，不醉重陽十五年。

〈早梅〉　　孟浩然

園中有早梅，年例犯寒開。
少婦曾攀折，將歸插鏡台。
猶言看不足，更欲剪刀裁。

二、不合律

1. 三聯對

〈遊子吟〉　　孟郊

慈母手中線，遊子身上衣。
臨行密密縫，意恐遲遲歸。
誰言寸草心，報得三春暉。

2. 前二聯對

〈銀山磧西館〉　　岑參

銀山磧口風似箭，鐵門關西月如練。
雙雙愁淚沾馬毛，颯颯胡沙迸人面。

丈夫三十未富貴，安能終日守筆硯。

〈下陵陽沿高溪三門六刺灘〉　李白

　三門橫峻灘，六刺走波瀾。
　石驚虎伏起，水狀龍縈盤。
　何慚七里灘，使我欲垂竿。

3. 後二聯對

〈送李丞使宣州〉　皎然

　結駟何翩翩，落葉暗寒渚。
　夢裡春穀泉，愁中洞庭雨。
　聊持剡山茗，以代宜城醑。

4. 首聯對

〈寄李蘇州兼示楊瓊〉　白居易

　真娘墓頭春草碧，心奴鬢上秋霜白。
　為問蘇台酒席中，使君歌笑與誰同。
　就中猶有楊瓊在，堪上東山伴謝公。

〈祇役駱口因與王質夫同遊秋山偶題三韻〉　白居易

　石擁百泉合，雲破千峰開。
　平生煙霞侶，此地重裴回。
　今日勤王意，一半為山來。

5. 中聯對

〈古別離〉二首（其一）　施肩吾

　古人謾歌西飛燕，十年不見狂夫面。
　三更風作切夢刀，萬轉愁成繫腸線。
　所嗟不及牛女星，一年一度得相見。

〈法華寺西亭夜飲得酒字〉　柳宗元

　祇樹夕陽亭，共傾三昧酒。
　霧暗水連階，月明花覆牖。
　莫厭尊前醉，相看未白首。

6. 尾聯對

〈洛陽行送洛陽韋七明府〉　顧況

始上龍門望洛川，洛陽桃李豔陽天。

最好當年二三月，上陽宮樹千花發。

疏家父子錯掛冠，梁鴻夫妻虛適越。

〈送集文上人遊方〉　賈島

來從道陵井，雙木溪邊會。

分首芳草時，遠意青天外。

此遊詣幾嶽，嵩華衡恒泰。

7. 不對偶

〈春詞〉　王建

紅煙滿戶日照梁，天絲軟弱蟲飛揚。

菱花霍霍繞帷光，美人對鏡著衣裳。

庭中並種相思樹，夜夜還棲雙鳳凰。

〈司馬相如琴台〉　岑參

相如琴台古，人去台亦空。

台上寒蕭條，至今多悲風。

荒台漢時月，色與舊時同。

　　由上面所舉六句詩的各種對偶方式，我們很容易瞭解，為什麼尾聯對的情形最少見，那是因為尾聯除非作流水對，否則無法收住全詩，使人有未完成之感。像「欲將何藥防春瘴，只有元家金石稜」（白居易、十二年冬江西溫暖喜元八寄金石稜到因題此詩）、「此遊詣幾嶽，嵩華衡恒泰」（賈島、送集文上人遊方），使用問答方式的流水對；「聯持剡山茗，以代宜城醑」（皎然、送李丞使宣州）使用兩句話完成一個意思的流水對，比較能將全詩的意思表達完全。然而像「芭蕉高自折，荷葉大先沈」（李端、病後遊青龍寺）、「疏家父子錯掛冠，梁鴻夫妻虛適越」（顧況、洛陽行送洛陽韋七明府）之類各自不相連的對句作尾聯，難免收煞不住全詩，而有未完之感了。這是唐詩普遍的對偶趨勢，不光是六句詩如此而已。

　　大體上說六句詩的對偶方式和唐詩普遍的對偶方式差不多，以中聯對最多，尾聯對最少。尤其和律詩的對偶情形非常接近，只不過律詩通常中間頷頸兩聯對仗，而六句詩較律詩少了一聯，少的這一聯正好是作對仗的兩聯之一，而不是尾聯，因此六句詩通常中間聯對仗。而三韻小律則除了比律詩少一對仗聯外，平仄格律和律詩的前三聯完全相同。

第六節　《全唐詩》中六句詩的內容

　　（宋）魏慶之《詩人玉屑》論六句法：「此法但可放言遣興，不可寄贈。杜子美云：『烈士惡多門，小人自同調。名利苟可取，殺身傍權要。何當官曹清，爾輩堪一笑。』山谷云：『三公未白首，十輩擁朱輪。只有人看好，何益百年身。但願身無事，清樽對故人。』」（明）王昌會《詩話類編》：「……又有七言六句律，又有五言六句律，但可放言遣興而已。……」，〔註26〕和《玉屑》對六句詩的題材內容有相同的看法。事實上六句詩的題材內容和其他句數的詩體一樣，並不因為句數而限制題材的表達，前人詩話常見片面之語，不足盡信。

　　（宋）方回《瀛奎律髓》分律詩為登覽等四十九類，（宋）王原叔《分門集註杜工部詩》分月門等七十二門，足見唐詩題材之廣。唐詩為唐人主要的文學形式，它的內容和日常生活息息相關，可以說是上天下地，無所不能入詩，因此才能成為一種普遍的大眾文學。六句詩和律、絕，甚至其他句數的唐詩一樣，在詩風如此盛行的時代，也盡量嘗試表現各種不同的內容。

　　我們從《全唐詩》中所輯出的 699 首六句詩，首先看它們的寫作形式，有用樂府體、歌謠體、詩經體、楚辭體、聯句體、一般古體或近體，種種不同的方式表達；命題方面，有以樂府歌、行、吟、曲、辭、操等不同的名稱為題，有以外表形式三韻、聯句、雜體等為題，

〔註26〕見《詩話類編》卷一，體格論「律體」。

也有就實際內容定題的。經由這樣多種形式表達的六句詩，它的內容也是多方面的。我們要探討六句詩的表現內容，往往遇到一首詩既敘羈旅，又寄感懷，成分複雜，分類困難的情況；然而為了便於討論，我們只得在無法排除主觀的前題下，盡量以詩篇含某種成分較多，而加以歸類。近人黃盛雄《唐人絕句研究》一書，〔註27〕將絕句的題材分成邊塞等十類，我們依據他的分法，另加其他一類，將699首六句詩的內容分類如下：

內容	邊塞	宮閨	別離	感懷	自然	詠物與時令	旅遊	贈答	懷古	樂府題	其他	合計
首數	18	23	78	97	59	134	25	66	36	134	29	699

由上表我們看出六句詩的內容以樂府題、詠物與時令、感懷、別離等方面比較多，魏慶之《詩人玉屑》和王昌會《詩話類編》所謂六句法「宜放言遣興，不宜寄贈。」在我們的統計中，以放言遣興為主的感懷詩有97首之多，的確不少；但用於贈答的六句詩也有66首之多，不為少數。六句詩的內容尤以樂府和詠物最多，六句詩喜歡用樂府為題材，這點和絕句常以古樂府命題，並且內容與風格和樂府彷彿，十分類似。〔註28〕《全唐詩》中六句詩共有134首作樂府體，其中有79首被收入（宋）郭茂倩所編的《樂府詩集》，它們分別是：

一、郊廟歌辭

武后〈唐享昊天樂〉、〈凱安〉、〈配饗〉、〈顯和〉、〈雍和〉、〈武舞作〉。

二、鼓吹曲辭

孟郊〈芳樹〉。

三、橫吹曲辭

〔註27〕本書由台北：文史哲出版社，1979年7月出版。

〔註28〕見黃盛雄《唐人絕句研究》，第三章題材，第十節樂府題。

鮑溶〈隴頭水〉、賈馳〈入關〉、王建〈關山月〉。

四、相和歌辭

常建〈陌上桑〉、顧況〈短歌行〉、張琰、高適〈銅雀台〉、董思恭、王紹宗〈三婦豔〉、貫休〈善哉行〉、王維〈隴西行〉、李白〈野田黃雀行〉、劉氏雲〈婕妤怨〉、聶夷中〈雜怨〉。

五、清商曲辭

張子容〈春江花月夜〉、楊巨源、李白〈烏夜啼〉、李端〈烏棲曲〉、張祜〈拔蒲歌〉、鮑溶〈採蓮曲〉、李白〈鳳凰曲〉。

六、舞曲歌辭

薛能〈柘枝辭〉三首。

七、琴曲歌辭

鄒紹先、李頎〈湘夫人〉、孟郊〈列女操〉、閻朝隱〈明月歌〉、顧況〈龍宮操〉。

八、雜曲歌辭

李嶷〈少年行〉三首、溫庭筠〈俠客行〉、孟郊〈遊子吟〉、陸龜蒙〈鳴雁行〉、蘇頲〈長相思〉、李益、施肩吾〈古別離〉、劉禹錫〈宜城歌〉、柳宗元〈楊白花〉、李白〈沐浴子〉、田娥〈攜手曲〉、聶夷中〈大垂手〉。

九、近代曲辭

商調曲〈回紇〉、劉禹錫〈抛球樂詞〉二首、崔液〈踏歌辭〉二首、李賀〈十二月樂辭〉其六。

十、雜歌謠辭

陸龜蒙〈挾瑟歌〉、章懷太子〈黃台瓜辭〉。

十一、新樂府辭

聶夷中〈公子行〉、王維〈扶南曲〉五首、李益〈促促曲〉、〈塞下曲〉、戎昱〈塞下曲〉五首、王建、張籍〈寄遠曲〉、孟郊〈征婦怨〉、李益〈野田行〉、羅隱〈江南別〉，元結〈補樂歌·六英〉其中二首。

　　除了燕射歌辭無作六句外，其他各類樂府都有六句詩。它們多半以古樂府爲題，內容風格和樂府無異，而從原本四句、八句或其他句數的樂府中，自創作六句的樂府詩。例如李白的〈子夜四時歌〉，變南朝〈子夜歌〉的四句爲六句、張子容的〈春江花月夜〉，變隋煬帝、諸葛穎所作四句〈春江花月夜〉爲六句、張祜〈拔蒲歌〉變南朝四句〈拔蒲歌〉爲六句、李白、楊巨源、顧況等的〈烏夜啼〉變南朝習慣作四句或八句的〈烏夜啼〉爲六句、王建的〈關山月〉變南朝陳後主等所作的八句爲六句。也有同一命題的樂府，多數作四句、八句或其他句數，而後來有人作六句，唐代詩人們也跟著作六句。像〈烏棲曲〉，南朝西曲歌通常作四句，只有岑之敬作六句，唐代詩人王昌齡的〈烏棲曲〉（或作李端詩）也作六句；清商曲辭〈採蓮曲〉通常作七句或八句，梁簡文帝、梁元帝作六句，唐代詩人鮑溶也作六句，這種種跡象，都透露出唐代六句樂府體是從南朝樂府中加以變化的，六句樂府體是樂府中比較特別的句數形式。至於詠物與時令，原本不是以抒情爲特性的唐詩所擅長的描寫內容，但寄言情於詠物的情形，就比較常見了。六句詩這種寄言情於詠物的詩篇和樂府體一樣多，這是很特殊的。下面我們就六句詩的內容，分別各舉二例，以見其貌。

一、邊　塞

　　〈從軍〉六首（其三）　　劉長卿
　　　倚劍白日暮，望鄉登戍樓。
　　　北風吹羌笛，此夜關山愁。
　　　迴首不無意，滹河空自流。

　　〈從軍〉六首（其四）　　劉長卿
　　　黃沙一萬里，白首無人憐。
　　　報國劍已折，歸鄉身幸全。
　　　單于古台下，邊色寒蒼然。

二、宮　閨

　　〈初日〉　王昌齡

初日淨金閨，先照床前暖。
斜光入羅幕，稍稍親絲管。
雲鬢不能梳，楊花更吹滿。

〈古意〉 崔曙

綠筍總成竹，紅花亦成子。
能當此時好，獨自幽閨裡。
夜夜苦更長，愁來不如死。

三、別　離

〈送楊著作歸東海〉 錢起

楊柳出關色，東行千里期。
酒酣暫輕別，路遠始相思。
欲識離心盡，斜陽到海時。

〈東門送客〉 李端

綠楊新草路，白髮故鄉人。
既壯還應老，遊梁復滯秦。
逢花莫漫折，能有幾多春。

四、感　懷

〈獨酌〉 權德輿

獨酌復獨酌，滿盞流霞色。
身外皆虛名，酒中有全德。
風清與月朗，對此情何極。

〈鄰女〉 劉駕

君嫌鄰女醜，取婦他鄉縣。
料嫁與君人，亦爲鄰所賤。
菖蒲花可貴，只爲人難見。

五、自　然

〈龍門八詠〉其二〈水東渡〉 劉長卿

山葉傍崖赤，千峰秋色多。
夜泉發清響，寒渚生微波。

稍見沙上月，歸人爭渡河。

〈貞女峽〉　韓愈
　　江盤峽東春湍豪，風雷戰鬥魚龍逃。
　　懸流轟轟射水府，一瀉百里翻雲濤。
　　漂船擺石萬瓦裂，咫尺性命輕鴻毛。

六、詠物與時令
〈題合歡〉　李頎
　　開花復卷葉，豔眼又驚心。
　　蝶繞西枝露，風披東幹陰。
　　黃衫漂細蕊，時拂女郎砧。

〈新秋〉　白居易
　　西風飄一葉，庭前颯已涼。
　　風池明月水，衰蓮白露房。
　　其奈江南夜，綿綿自此長。

七、旅　遊
〈長安羈旅〉　孟郊
　　聽樂別離中，聲聲入幽腸。
　　曉淚滴楚瑟，夜魄遠吳鄉。
　　幾回羈旅情，夢覺殘燭光。

〈襄陽舟夜〉　白居易
　　下馬襄陽郭，移舟漢陰驛。
　　秋風截江起，寒浪運天白。
　　本是多愁人，復此風波夕。

八、贈　答
〈贈盧司戶〉　李白
　　秋色無遠近，出門盡寒山。
　　白雲遙相識，待我蒼梧間。
　　借問盧耽鶴，西飛幾歲還。

〈酬宇文少府見贈桃竹書筒〉 李白

　　桃竹書筒綺繡文，良工巧妙稱絕群。
　　靈心圓映三江月，彩質疊成五色雲。
　　中藏寶訣峨眉去，千里提攜長憶君。

九、懷　古

〈宋中〉十首（其一）　高適

　　梁王昔全盛，賓客復多才。
　　悠悠一千年，陳跡唯高台。
　　寂寞向秋草，悲風千里來。

〈燕台〉　聶夷中

　　燕台高百尺，燕滅台亦平。
　　一種是亡國，猶得禮賢名。
　　何似章華畔，空餘禾黍生。

十、樂府題

〈宜城歌〉　劉禹錫

　　野水繞空城，行塵起孤驛。
　　荒台側生樹，石碣陽鐫額。
　　靡靡度行人，溫風吹宿麥。

〈柘枝詞〉三首（其一）　薛能

　　同營三十萬，震鼓伐西羌。
　　戰血黏秋草，征塵攬夕陽。
　　歸來人不識，帝里獨戎裝。

十一、其　他

〈左車〉二章（其一）　顧況

　　左車有慶，萬人猶病。
　　曷可去之，于黨孔盛。
　　敏爾之生，胡爲波迸。

〈述夢〉　皎然

　　夢中歸見西陵雪，渺渺茫茫行路絕。

　　覺來還在剗東峰，鄉心繚繞愁夜鐘。
　　寺北禪岡猶記得，夢歸長見山重重。

　　由以上十一種六句詩的題材內容，可以看出它和其他句數的詩一樣，也可以表達多種題材，並不局限於放言遣興。

第四章　六句詩與四句詩及八句詩歷史源流的比較

「詩」異於其他文體，主要在於它是一種精緻的語言，盡量以最少的字數表達豐富的內容。雖然它偶而也有像白居易的〈長恨歌〉作上百韻的長篇，但沒有人能說李白的〈靜夜思〉只作四句，不是和它一樣不分軒輊的流傳千古。我們就第 18 頁實際統計數字，也發現詩歌句數有趨向於八句以下短製的特性。然而就詩歌構成的基礎四句，如何發展到八句？在演變過中和六句有沒有關係？為什麼六句不能像四句、八句那麼普遍，這是我們不願輕易用「自然演變」去解釋，而想深入去探討的問題。

在前章探討「全唐詩中六句詩的形貌」後，我們發現六句詩除了作者、篇數較少，使用雜言的比率較多，以及平仄換韻的情形比較常見外，其他在平仄格律、押韻、對偶、內容方面，都無異於四句、八句詩；也就是說可以用四句、八句表達的詩，我們一樣可以作六句，甚至有些六句詩寫得比四句、八句詩還好。那麼人們為什麼不去大作六句詩，而要作四句、八句詩呢？這其中隱含的問題，很值得我們去探討。

假如我們以唐詩為界，向下看六句詩的發展，誠如王國維《人

間詞話》所說的「文體通行既久，染指遂多，自成習套。豪傑之士，亦難於其中自出新意，故遁而作他體，以自解脫。」宋、元、明、清各朝代，詩已漸漸沒落，而產生詞曲、戲劇、小說等文學。六句詩這種原非普遍的詩體，在唐以後，更少見有人再作。從《宋詩鈔》中我們只找到幾首六句詩而已，無疑的宋以後可以說是六句詩的盡頭。因此探索這個問題，我們所要做的是往上尋源。（清）宋長白《柳亭詩話》：「唐人近體，六句號小律，原本六朝。」〔註1〕《師友詩傳錄》歷友答：「五言六句，古齊梁間多用之，唐人劉文房龍門八詠，亦善此體。」〔註2〕可見六句詩和許多詩體一樣，都是孕育於六朝，而備於唐。我們在第二章第四節探索南北朝至隋代的六句詩時，已發現六句詩在南朝和八句詩一樣，不論內容、對偶、聲律都有逐漸成熟的現象。唐詩在各種體裁方面，都繼承六朝詩，而能擷其菁華，汰其蕪蔓，加以更精緻的發展。因此我們可以從和唐詩最接近的六朝詩，甚至推到更早以前為它們尋源。本章擬探索四句、八句詩的歷史源流，並和六句詩的歷史源流比較，說明它們在歷史源流上是竝行的，而四句、八句詩之所以成為定體，主要由於它們具有適宜詩歌表現的優越條件。

第一節　四句詩的歷史源流

　　四句詩的源頭可以推到《詩經》時代，甚至更早。在《詩經》中我們看到它和四言詩以最多的數量出現，表現傳統詩歌「言」、「句」組合「均齊」（聞一多稱字句整齊為均齊）的第一步，為後來詩體格律化打下基礎。〔註3〕我們認為最早的詩歌喜歡作四句，除了因為

〔註1〕見宋長白《柳亭詩話》論律，(《古今詩話叢編》台北：廣文書局1971年9月初版）頁65。
〔註2〕見王士禎等著《師友詩傳錄》葉11。
〔註3〕見支菊生撰〈詩經與詩律─詩律探討之一〉，《天津師大學報》1984年5期。

一句、二句、三句詩在內容表達上比四句局限更大外，並且嚴格說來三句以下的詩，大都爲謠諺，和詩還是有距離的。除此之外最主要的原因和中國人傳統思想有關，（除台灣人因「四」與「死」音同，有所忌諱外，其他地方人並不排斥四。）因爲中國人自古以來就特別講究對稱美，認爲成雙成對的東西就意味著和諧、吉祥。這種審美觀念反映在許多事物之中，因此我們看到成語以四個字最多，修辭也以四字格最多，先民詩歌最先大量出現的還是四句。因爲作四句，不僅形式最簡單，又能造成上下兩句，前後兩聯的均衡對稱，這是四句詩先天上的優勢，因此它能一直在詩歌發展中，以較多的數量出現。但《詩經》因爲配樂的緣故，四句的歌辭在音樂中顯得太短，缺乏韻味，因而需要複沓，於是將歌辭稍加更動，配合音樂重複至少兩遍以上。因此我們看到《詩經》大都是一篇中含幾章四句，或其他句數，其中尤以四句爲單位的寫作方式，對傳統詩歌有最根深蒂固的影響。其後漢魏樂府中的「解」，吳歌西曲中的「曲」，爲便於配樂歌詠，也和《詩經》分「章」的原理一樣，複沓數「解」數「曲」，以增韻味。每一「解」「曲」和《詩經》的「章」一樣，有作四句、五句、六句、七句、八句甚至更多句不等的情形，但以四句成一單位的情形最多。

爲便於探究四句詩發展的軌跡，我們以逯欽立輯校《先秦漢魏晉南北朝詩》爲依據。繼《詩經》之後，各朝代都可見到四句詩發展的軌跡。先秦歌謠中，像四言的〈塗山歌〉「綏綏白狐，九尾龐龐。成于家室，我都攸昌。」五言的〈秦始皇民歌〉「生男愼勿舉，生女哺用脯。不見長城下，尸骸相支拄。」漢樂府古辭更不乏〈枯魚過河泣〉、〈猛虎行〉、〈古歌·高田種小麥〉之類作四言，或作雜言的四句短製。尤其五言詩的興起，逐漸取代過去的四言詩。我們在古樂府中也找到幾首十分類似後來絕句的小詩，如〈視刀鐶歌〉「常恨言語淺，不如人意深。今朝兩相見，脈脈動人心。」以及被南朝徐陵收入《玉台新

詠》卷十，並以古絕句爲名的頭四首小詩。〔註4〕

> 藁砧今何在，山上復有山。何當大刀頭，破鏡飛上天。
> 日暮秋雲陰，江水清且深。何用通音信，蓮花瑇瑁簪。
> 菟絲從長風，根莖無斷絕。無情尚不離，有情安可別。
> 南山一樹桂，上有雙鴛鴦，千歲常交頸，歡愛不相忘。

這四首詩原無名稱，但因性質爲絕句，時間甚古，著錄家因以古絕句
稱之。漢朝的古絕句雖然不多，但這幾首已足以說明古絕句起源在
漢，與樂府和五言詩有關。當時也有七言的〈古樂府〉「啄木高飛乍
低仰，摶樹林藪著榆桑。低足頭啄劚如劚，飛鳴相驅聲如笙。」

　　魏晉以後，因爲文人作詩風氣極盛，詩歌在文辭或立意上更見修
飾。（魏）王粲的〈詩〉「荊軻爲燕使，送者盈水濱。縞素易水上，涕
泣不可揮。」雜歌謠辭〈行者歌〉「青槐夾道多塵埃，龍鳳樓闕望崔
嵬。清風細雨雜香來，土上出金火照台。」（晉）陸機〈贈顧彥先詩〉
「清夜不能寐，悲風入我軒。立影對孤軀，哀聲應苦言。」謝尚〈大
道曲〉「青陽二三月，柳青桃復紅。車馬不相識，音落黃埃中。」王
羲之〈答許詢詩〉「取歡仁智樂，寄暢山水陰。清泠澗下瀨，歷落松
竹松。」王獻之的〈桃葉歌〉，桃葉〈答王團扇歌〉，以及王羲之在蘭
亭與諸名士修禊所作的〈蘭亭詩〉，〔註5〕已經是十分成熟的五言四句
小詩。但這些文人所作的詩畢竟數量有限，而且大部分是靠類書保存
下來，難免刪煩就簡，並非原貌。最值得一提的是魏晉以降的歌謠，
大都以四句一首爲主，而且大體是五言四句。這種小詩起於三國時南
方沿江流域五言二十字的〈爾汝歌〉，《世說新語》〈排調篇〉載有吳
主孫皓降晉後所作的〈爾汝歌〉：

〔註4〕四首詩的時代不可考，馮惟訥的《古詩紀》、丁福保的《全漢三國晉
　　　南北朝詩》和逯欽立的《先秦漢魏晉南北朝詩》都列於漢代，或者
　　　不甚相遠。

〔註5〕〈蘭亭詩〉有四言八句、五言八句、五言四句等各種不同的體式，
　　　像孫嗣、郁曇、庾蘊、曹茂之、王玄之、王凝之、王肅之、王徽之、
　　　王渙之、王彬之、王蘊之、虞說、謝繹、徐豐之、曹華所作都是五
　　　言四句，見逯欽立輯本《先秦漢魏晉南北朝詩》卷十三。

昔與汝爲鄰，今與汝爲臣。

上汝一杯酒，令汝壽萬春。

　　後來，南朝宋代的王歆之也仿孫皓的〈爾汝歌〉作二十字詩，送給南康王劉邕。〔註6〕就在這個時候，南朝的民間崛起了和孫皓〈爾汝歌〉如出一轍的「吳歌」和「西曲」，數量龐大驚人。根據羅根澤〈絕句三源〉一文，統計郭茂倩《樂府詩集》卷四十五至四十六所輯錄的「江南吳歌」，今存三百二十九首，其中五言四句的共二百七十五首，非五言四句的不過五十四首；卷四十七至四十九「荊楚西聲」，今存一百四十六首，五言四句的共一百零五首，非五言四句的不過五十四首；卷四十七至四十九「荊楚西聲」，今存一百四十六首，五言四句的共一百零五首，非五言四句的不過四十一首。〔註7〕從這個現存詩歌的統計數字看，已可知南朝五言四句歌謠之多。〈大子夜歌〉還說：「歌謠數百種，子夜最可憐。」可見佚失的歌謠還相當多。這種小詩，起先是南方人開頭作，不久北方人也學起來。據羅根澤〈絕句三源〉一文統計北朝的「鼓角橫吹曲」今存六十六曲，五言四句的有四十四曲，非五言四句的不過十八曲。可見這種小詩不論在南方、北方都普遍流行，加上配合音樂通行民間，逐漸地文人對這種歌謠耳熟能詳，也開始仿作這種小詩。下面我們分別舉幾首南北朝文人仿作或據以創作的五言四句小詩，看他們如何學習民歌，而又超出民歌，將絕句的發展向前推進了一大步。

　　宋・鮑照　〈吳歌〉三首其三

　　人言荊江狹，荊江定自闊。五兩了無聞，風聲那得達。

〔註6〕見《南史》卷十五〈劉穆之傳〉：河東王歆之嘗爲南康相，素輕邕。後歆之與邕俱豫元會並坐，邕嗜酒，謂歆之曰「卿昔見臣，今能見勸一盃酒不？」歆之因戲孫皓歌答曰：「昔與汝作臣，今與汝比肩，既不勸汝酒，亦不願汝年。」

〔註7〕見羅根澤〈絕句三源〉一文，收入氏著《中國古典文學論集》（上海：上海古籍出版社1985年7月1版1刷）。

宋・鮑令暉　〈寄行人詩〉

　　桂吐兩三枝，蘭開四五葉。是時君不歸，春風徒笑妾。

齊・王儉　〈春夕詩〉

　　露華方照歲，雲彩復經春。虛閨稍疊草，幽帳日凝塵。

齊・謝朓　〈玉階怨〉

　　夕殿下珠簾，流螢飛復息。長夜縫羅衣，思君此何極。

梁・蕭衍　〈擬作子夜歌〉二首其一

　　恃愛如欲進，含羞未肯前。朱口發豔歌，玉指弄嬌絃。

梁・吳均　〈雜絕句詩〉四首其四

　　泣聽離夕歌，悲銜別時酒。自從今日去，當復相思否。

陳・陳叔寶　〈估客樂〉

　　三江結儔侶，萬里不辭遙。恒隨鷁首舫，屢逐雞鳴潮。

陳・江總　〈橫吹曲〉

　　簫聲鳳凰曲，洞吹龍鍾管。鏗鏘漁陽摻，怨抑胡笳斷。

北魏・溫子昇　〈白鼻騧〉

　　少年多好事，攬轡向西都。相逢狹斜路，駐馬詣當壚。

北魏・溫子昇　〈結襪子〉

　　誰能防故劍，會自逐前魚。裁紈終委篋，織素空有餘。

北齊・邢邵　〈思公子〉

　　綺羅日減帶，桃李無顏色。思君君未歸，歸來豈相識。

北齊・魏收　〈櫂歌行〉

　　雪溜添春浦，花水足新流。桃發武陵岸，柳拂武昌樓。

北周・王褒　〈日出行〉

　　昏昏隱遠霧，團團乘陣雲。正值秦樓女，含嬌酬使君。

北周・庾信〈閨怨詩〉

　　明鏡圓花發，空房故怨多。幾年留織女，還應聽渡河。

當時文人仿作或自創這種五言四句小詩相當多，主要因為這種小

詩簡短，可以隨手拈來配合音樂吟哦，所以不論在民間或文人社會，一直形成一股極大的勢力。唐代近體句就是從量多質精的樂府小詩或文人創作的小詩中，再經過平仄黏對的刻意安排而形成的。近人黃盛雄〈樂府小詩與五絕〉一文，從兩者本質、題材、作法等方面說明五絕源於樂府小詩，而取其長，更重全篇的精神，〔註8〕無疑的樂府小詩與五絕有極密切的關係。

　　至於七言四句詩的發展，雖然數量不如五言多，但是也可以找出它演變的痕跡。大致上七言四句詩一直在樂府歌謠中出現，像前面所舉的漢代七言〈古樂府〉，魏雜歌謠辭〈行者歌〉。再往下看，晉有〈丁令威歌〉，宋有湯惠休〈秋思引〉，尤其晉宋以後至南朝，因為五言四句樂府小詩的流行，民間也作七言四句小詩，同樣的文人跟著仿作，不過數量上遠不及五言多，像南朝梁武帝的〈白紵辭〉二首、梁簡文帝蕭綱、梁元帝蕭繹、蕭子顯、陳後主叔寶和徐陵仿作民歌〈烏棲曲〉共十六首；北朝有〈捉搦歌〉四曲、〈隔谷歌〉一曲、〈鉅鹿公主〉三曲、〈雀勞利歌〉一曲、魏收〈挾瑟歌〉一曲、趙王宇文招〈從軍行〉一曲等不少七言四句歌，因此有人主張七絕與北歌關係密切。〔註9〕南北朝時這種七言四句的歌謠就是七絕的源頭，但不像五言四句體在南朝時已有絕句、斷句、短句等不同的名稱。七言絕句何時名為絕句，不見記載，但它的產生比五絕晚，而且是源於歌謠，從它的發展歷史上看，應當是毫無疑問的。至於唐以後合律的七言絕句，它的格律是從合律的五言絕句，每句的前

〔註8〕黃文載《台中師專學報》第五期，1975 年 6 月。

〔註9〕日人小川環樹在所撰〈《敕勒歌》中國少數民族詩歌論略〉一文（收入氏著《論中國詩》，譚汝謙等譯，香港中文大學 1986 版。）中曾指出：「七言絕句似比五言絕句發生得晚些……我猜想，七絕的發展大概和北歌的形式有很深的聯繫。」陳進波〈論北朝樂府民歌〉一文（載《蘭州大學學報》1981 年 2 期）：「……特別是七言四句體，是過去七言古詩的發展，又是後來的七言絕句的源頭。這是北朝民歌在詩體發展上的突出貢獻之一。」從這些七言四句的北朝民歌看來，他們的說法應該是正確的。

兩個音節之上，再加平仄相反的兩個音節所構成，它是五言絕句的擴展，當是合乎詩歌發展的正常軌跡的。

第二節　八句詩的歷史源流

　　八句詩的數量在《詩經》中僅次於四句和六句，據逯欽立輯校《先秦漢魏晉南北朝詩》，先秦詩中的八句詩都是四言或雜言歌謠，如〈王子歌〉、〈晉童謠〉、〈貍首歌〉、〈楊朱歌〉等，或舊籍引詩，像出自《國語》的〈輿人誦〉。漢以後，五七言詩興起，雖然比較長篇的五七言詩不少，但作八句的仍和先秦詩一樣，以四言和雜言為多。有四言的〈安世房中歌〉、〈張衡歌〉、〈怨詩〉、桓麟〈答客詩〉、〈初平中長安謠〉、〈樂府古豔歌〉、〈傷三貞詩〉、〈風巴郡太守詩〉；雜言的〈瓠子歌〉、〈思奉車〉、〈子侯歌〉、〈八公操〉、〈汝南鴻隙陂童謠〉、〈艾如張〉、〈胡笳十八拍〉其中五首和古詩中〈風雨詩〉等。五、七言八句詩非常的少，當時五言八句詩只有趙壹的〈秦客詩〉、〈涼州民為樊曄歌〉、古詩十九首中的〈涉江采芙蓉〉、〈庭中有奇樹〉兩首和古詩〈穆穆清風至〉、〈步出夏門行〉等，總共才六首而已。作七言八句的也只有雜歌謠辭太學中謠〈八俊〉、〈八顧〉二首而已。到了魏代，五言八句詩雖然因為文人的加入創作，而有增加，也只有二十八首而已。主要作家有王粲、劉楨、阮籍、曹丕、曹植，他們承繼漢代古詩樂府風格而作五言八句詩，四言八句詩的數量在此時仍有三十七首之多。晉詩中這種四言八句詩的數量，竟然還高達四百七十四首，而且和以前一樣，大都以組詩的形式出現，像陸雲、陶淵明都作了許多四言八句組詩。五言八句詩雖然有一百四十六首，比魏代顯然增加很多，不過就晉詩龐大的數量看，這一百多首五言八句詩，實在不算是很通行的詩體，但它們在八句詩，甚至可說是律詩的形成上，具有孕育的重大意義。且看當時詩人所作的幾首五言八句詩：

傅咸　〈詩〉
　　肅肅高風起，悄悄心自悲。圓圓三五月，皎皎曜清暉。
　　今昔一何盛，氛氳自消微。微黃黃及葦，飄搖隨風飛。

陸機　〈班婕好〉
　　婕好去辭寵，淹留終不見。寄情在玉階，託意惟團扇。
　　春苔暗階除，秋草蕪高殿。黃昏履綦絕，愁來空雨面。

陸機　〈擬涉江採芙蓉〉
　　上山采瓊蘂，穹谷饒芳蘭。采采不盈掬，悠悠懷所歡。
　　故鄉一何曠，山川阻且難。沈思鍾萬里，躑躅獨吟歎。

司馬彪　〈詩〉
　　百草應節生，含氣有深淺。秋蓬獨何辜，飄颻隨風轉。
　　長飇一飛薄，吹我之四遠。搔首望故林，邈然無由返。

張載　〈霖雨詩〉
　　霖雨餘旬朔，濛昧日夜墜。何以解愁懷，置酒招親類。
　　啾啾絲竹作，伶人奏奇秘。悲歌結流風，逸響迴秋氣。

郭璞　〈詩〉
　　青陽暢和氣，谷風穆以溫。英苢曄林薈，昆蟲咸啓門。
　　高台臨迅流，四坐列王孫。羽蓋停雲陰，翠鬱映玉樽。

庾闡　〈三月三日臨曲水詩〉
　　暮春濯清氾，遊鱗泳一壑。高泉吐東岑，迴瀾自淨漻。
　　臨川疊曲流，豐林映綠薄。輕舟沈飛觴，鼓枻觀魚躍。

　　或許這些五言八句詩，有些是引自類書的殘句，但無論如何晉代文人必然有承襲漢魏古詩的風格而作五言八句體的詩篇，這是五言八句體詩逐漸形成的開端。晉詩中七言八句體，則只有張載的擬四愁詩四首，每首第一句皆加「兮」字，嚴格說也不能算是七言詩。

　　其後經宋，五言八句體詩有七十二首，在數量上雖然還不及四言八句體七十九首多，不過顯然有逐漸接近的趨勢。重要作家謝靈運、謝惠連、顏延之、鮑照等，對後來的詩壇極具影響。五言八句詩真正

大量增加，形成定體的局面要在齊、梁、陳時代，主要因爲有謝朓、王融、沈約等人，既是五言大家，又是四言能手，在實際創作時，他們將八句四韻詩，從四言過渡到五言。同時當時五言詩，不僅有由十句以上的長篇，趨於十句以下短製的趨勢，而且尤以五言八句體最多。近人吳小平〈論五言八句詩的形成〉一文〔註10〕，曾就丁福保所輯《全漢三國晉南北朝詩》齊、梁、陳三朝文人所作的五言詩句數進行統計，列成簡表，甚具參考價值，謹轉引如下：

句數 首數 朝代	四句	六句	八 句		十句	十二句	十四句 以上	五言詩 小 計	存詩 總數
			首數	占五言詩 百 分 比					
齊	69	2	83	約29%	51	34	47	286	304
梁	369	102	489	約29%	284	115	310	1669	1903
陳	53	25	269	約55%	49	36	61	493	504
合計	491	129	841	約34%	384	185	418	2448	2771

由上表可見齊、梁、陳三代五言八句詩數量既多，所占比率又高，不僅開始超過以往最多的四言八句詩，而且在五言詩中頗形成一種優勢。這決不是詩體演變的自然現象，因爲在格律詩形成以前，詩句多寡的出現，都帶有相當程度的偶然性。五言八句詩之所以在這個時期形成定體，決非偶然，它是這個歷史階段特有的文學思潮和文學創作活動下的必然產物。吳小平這篇文章除了對於當時五言詩的句數，作實際的統計外；對於五言八句詩的形成原因，還分成理論根據與實際過程兩方面探討，我們擇要並補充說明如下：

一、形成五言八句詩的理論根據

（一）《南齊書・樂志》曰：

> 永明二年，尚書殿中曹奏：「……又尋漢世歌篇，多少無定，皆稱事立文，并多八句，然後轉韻。時有兩三韻而轉，其

〔註10〕文載《文學遺產》1985 年 2 期，頁 27 至 38。

例甚寡。張華、夏侯湛亦同前式。傅玄改韻頗數，更傷簡
節之美。近世王韶之、顏延之并四韻乃轉，得賒促之中。
顏延之、謝莊作三廟歌，皆各三章，章八句，此於序述功
業詳略爲宜，今宜依之。……」詔「可」。〔註11〕

《南齊書‧樂志》的這段記載是說宗廟之歌八句一章的形式，既符合
詩歌篇制簡潔之美，得賒促之中；而且在內容上能稱事立文「序述功
業，詳略爲宜」，因此應該加以推廣。

（二）劉勰《文心雕龍‧章句》曰：

然兩韻輒易，則聲韻微躁；百句不遷，則脣吻告勞，妙才
激揚，雖觸思利貞，曷若折之中和，庶保乂咎。〔註12〕

劉勰認爲，章節既不能太長，也不宜太短，要「折之中和」，以求最
理想的篇幅，但他沒有說折之中和到底作幾句。范文瀾《文心雕龍》
注引《南齊書‧樂志》所說四韻的優點，認爲劉勰的「折之中和」就
是指四韻乃轉。其實當時的文學思潮普遍存在著這種中和的觀念，像
蕭繹〈內典碑銘集林序〉、蕭統〈答湘東王求文集及詩苑英華書〉、劉
孝綽〈昭明太子集序〉，提出許多繁與率、華與實、文與質、典與野
等等矛盾對立的關係，而他們希望達到的就是「中和」之美。總之不
論詩的篇幅或風格實質，在當時文學思潮下，都在盡力求中和之美，
五言八句詩成爲定體，有相當強有力的理論背景。

二、形成五言八句詩的實際過程

（一）宮廷樂府

1. 樂府與雅樂

蕭齊以前，五言很少分章，即使分章也不一定以八句爲單位。蕭
齊以後，人們開始考究詩歌的篇制美，八句一章的形式紛紛出現。從

〔註11〕見（梁）蕭子顯《南齊書》卷十一〈樂志〉（台北：鼎文書局，1980
　　　年3月3版）頁179。
〔註12〕見劉勰《文心雕龍》卷七〈章句〉第三十四（台南：平平出版社，
　　　1964年11月再版），頁571。

《南齊書·樂志》的記載得知，八句一章的詩歌形式，首先以樂府並且是雅樂的面貌出現。今存齊梁郊廟歌辭、燕射歌辭或其他雅樂，作八句四韻的，是從長篇巨制的樂府中，截取其中一章而來的。

2. 文人所作八句一章長篇詩歌

　　齊梁文人從長篇巨製的樂府中，認識到八句一章的中和美，因此大量創作八句一章的詩歌。這種八句一章的長篇詩歌，除了表現在雅樂上外，也表現在應制或其他方面。如四言的有王僧令〈皇太子釋奠會詩〉七章、阮彥〈皇太子釋奠會詩〉八章、王寂〈第五兄揖到太傅竟陵王屬奉詩〉五章、王融〈贈族叔衛軍〉十五章、謝朓〈侍宴華光殿曲水奉敕爲皇太子作〉九章、〈三日侍華光殿曲水宴代人應詔〉十章、〈三日侍宴曲水代人應詔〉九章、沈約〈贈沈錄事江水曹二大使〉五章、〈贈劉南郡季連〉六章等。五言的有王融〈法樂辭〉十二章、〈和南海王殿下詠秋胡妻〉七章、沈約〈游鍾山詩應王陽王教〉五章、柳惲〈搗衣詩〉五章、張正見〈從籍田應衡陽王教作〉五章等。

3. 宮體詩

　　宮體詩是種具有輕艷風格的詩，起於蕭齊，謝朓、王融等人有相當數量與宮體詩幾乎沒有任何差別的詩篇，可以說是宮體詩的先導。梁時宮體詩大興，《梁書·簡文帝紀》稱蕭綱「雅好題詩，然傷於輕艷，當時號爲宮體」，至陳宮體詩泛濫成災。在這個宮體詩統治的時代裡，所有的詩人都不能擺脫宮體詩的影響。《梁書·徐摛傳》記梁武帝聽說宮體詩興盛，怒而召徐摛，「及見，應對明敏，辭義可觀，高祖意釋。」在梁武帝蕭衍的集子裡，除了一些禪詩外，都是宮體詩。裴子野反對「宮體」最爲激烈，甚至將它提高到亡國的程度；但他也寫了〈詠雪〉、〈上朝值雪〉這類與宮體詩幾乎沒有區別的詩篇。宮體詩在當時是一種時代潮流，衝擊著每個文人，因此造成《南史·梁本紀·贊》「宮體所傳，且變朝野。」《隋書·經籍志》「後生好事，遞相放習，朝野紛紛，號爲宮體。」所說的盛況。一

部齊梁陳的詩歌發展史，可以說是宮體詩的興衰史。宮體詩的重要特徵是題材狹小，以歌伎舞女、風月花草、案頭床邊的器皿物件爲主要描寫對象，五言八句詩恰恰體現了宮體的特點，同時它是一種新變的詩體，正好可以用來表現新興的宮體詩，因此它能爲宮體詩服務，而普遍被採用。根據胡念貽〈論宮體詩的問題〉一文說：「他們的詩（指齊梁文人的宮體詩）四句、八句、十句一首的較多。」〔註13〕商偉〈論宮體詩〉也有相同的看法，他說：「從篇幅上看，宮體詩通常較短，并在不斷的變化中逐步凝聚爲八句、十句爲主的形式。同時，四句的形式也被普遍採用……。」〔註14〕，足見五言八句詩的盛行，宮體詩必然是其中一項推動的主力。

　　八句詩的形成，在宮廷創作方面，除了吳文所提出的這幾個過程外，由於齊梁陳時代統治者愛好文學，於是文士們對皇上、太子、諸王應詔、應令、侍宴、應教、奉和方面歌功頌德的應制詩，無形中多了起來。根據我們的統計，齊梁陳三朝應制詩共386首，其中四言八句的127首，五言八句的80首，在所有句數形式中超過半數以上。足見八句的形式，是當時最爲適中的篇幅。由於在宮廷創作中，八句詩占相當的優勢，擅長四言和五言的文人，將八句詩從四言過渡到五言，所以形成這一時期五言八句詩的急遽增加。

（二）南朝樂府

　　形成五言八句詩的途徑，除了宮廷樂府外，南朝樂府民歌也起了相當的作用，它組合成八句的方式有三：

1. 由兩首古體五絕組合而成

　　　吳均　〈詣周丞不值因贈此詩〉
　　　竹枝任風轉，蘭心逐風卷。青雲葉上團，白露花中泫。

〔註13〕見胡念貽著《關於文學遺產的批判繼承》，（長沙：岳麓書社，1984年6月2版1刷），頁74。
〔註14〕見《北京大學學報》，1984年4期，頁72。

聞君入騎疏，聊寄錦中書，一隨平原客，寧憶豫章徐。

此詩前四句爲仄韻腳，後四句爲平韻腳，前後四句由於韻腳的轉換，而有明顯的組合痕跡。其他像柳惲〈江南曲〉、王樞〈至烏林村見采桑者因有贈〉、紀少瑜〈擬吳均體應教〉、沈約〈和劉中書仙詩〉之一、王僧孺〈爲何庫部舊姬擬蘼蕪之句〉、徐陵〈爲羊兗州家人答餉鏡〉等詩，都是這種形式。它們以古體寫成，沒有近體詩那種鮮明的節奏，所以前後兩絕之間除了內容上的聯系以外，形式上是各自獨立的。

2. 由兩首新體五絕組合而成

庾肩吾　〈以妾換馬〉

渥水出騰駒，湘川實應圖。來從西北道，去逐東南隅。
琴聲悲玉匣，山路泣蘼蕪。似鹿將含笑，千金會不俱。

此詩由兩首完全合乎平仄黏對的新體絕句組合而成，前絕爲仄起首句入韻式，後絕爲平起首句不入韻式，但兩絕之間不相黏。其他像庾肩吾〈春日〉、〈七夕〉，蕭子範〈後堂聽蟬〉，蕭綱〈被幽述志詩〉，劉孝綽〈詠素蝶〉，張正見〈戰城南〉、〈紫騮馬〉，江總〈長安道〉、〈賦得三五明月滿〉等，都是這種形式。由於兩絕間不黏，使得節奏斷裂，才流露出組合的痕跡，這種現象很可以看出齊梁文人在格律上的嘗試。

3. 由兩人所聯的五言四句聯句組合而成

齊梁聯句有以五言四句爲一個基本單位，眾人所聯構成的五言長篇；但由於受到五言八句詩形成的影響，兩人所聯爲一段落，構成的五言八句詩漸漸增加。像何遜〈相送聯句〉、〈臨別聯句〉、〈折花聯句〉、〈范廣州宅聯句〉、〈正叙聯句〉、〈照水聯句〉、〈搖扇聯句〉、庾肩吾〈八關齋夜賦四城門更作四首聯句〉等，都是這種形式。

總結齊梁時代五言八句詩的形成，除了有文學理論和審美觀念的支持外，齊梁有力人士故意創導，也是一項因素。童鷹九〈五律三論〉一文，曾就《昭明文選》和《玉台新詠》兩書所收八句詩（據查都作五言）加以比較，前者收十五首，後者收一百七十首，多了

十一倍多，說明從折衷派的蕭統到創新派的徐陵，可以看出詩體新發展的趨勢，愈來愈傾向於五言八句人工安排〔註15〕。同時最重要的原因是五言八句詩本身為一種優異的新體，既迎合了時人好新求變的心理，也適合各種題材的表達，所以形成的途徑相當多，因而造成數量大增。而這種五言八句的形式，即為唐代律詩的基礎。齊梁以來五言八句詩，除了為律詩形式鋪路外，它們的格律也在永明文人的推動下和後來文人的創作過程中逐步完成。我們看到齊梁陳起至唐代，八句詩的數量一直居句數形式首位（見 18 頁統計表），很顯然詩體入律，在這段時間內做了相當的準備。而在北朝方面，五言八句詩有 160 餘首，尤以北周將近 130 首最多。主要作家為南朝出使北周的庾信，他有五言八句詩 80 餘首，其中〈詠畫屏詩〉25首中 23 首作五言八句，同時他的詩不論四句、八句，在格律和對偶上比較講究，雖然距離近體詩尚有距離，但他在詩律形成上是繼謝靈運、顏延之、謝朓、沈約、何遜、陰鏗、徐陵之後相當重要的推動者。隋代八句詩承襲齊梁，大都表現在應制和宮體方面，共有八句詩 116 首，作五言八句的有 87 首，不為少數。

到了唐初，齊梁體在文人的創作中，仍然時常可見〔註16〕，不過唐律在齊梁體的基礎上，也開始逐步形成。《新唐書》卷二○一文藝上杜甫傳贊曰：「唐興，詩人承陳、隋風流，浮靡相矜。至宋之問、沈佺期等，研揣聲音，浮切不差，而號律體，競相襲沿。」（明）王世貞《藝苑巵言》卷四亦曰：「五言至沈、宋始可稱律，律為音律、法律，天下無嚴於是者。知平仄虛實不得任情，而度明矣！二君正是敵手。」二說都在說明初唐詩繼承陳隋，到了沈宋始定律體。當時重要詩人上官儀、初唐四傑、沈宋、文章四友等，對律詩格律的完成，

〔註15〕見《嘉義師專學報》第十二期，頁 52 至 53。

〔註16〕童鷹九〈五律三論〉論齊梁體與唐律，曾抽樣統計初唐至開元時期二十位具有代表性作家的作品中，屬於齊梁體和唐律的首數，發現齊梁體直到武后朝代，仍很盛行，所占比例偏高；到了唐玄宗，纔是唐律成為主流的時代。

都有或多或少的貢獻。就詩篇的內容而言，初唐詩承繼陳隋，也以宮體、應制之類缺乏生命的作品為主。加以唐代開國之初，以聲律取士，用政令推行詩的規範，對於格律的形成統一固然有助益，但於詩風的影響卻是只重平仄對仗，堆砌鋪排，辭句雖麗，卻乏意蘊。我們在《文苑英華》所收 458 首應試詩中，的確看到了這樣的弊病。因此就格律上和表現內容上，唐代律詩的真正成為主流，要在盛唐玄宗時代。

　　至於七言的八句詩，在唐代以前，真可說是聊聊可數。拿齊梁八句詩形成以後的詩篇來看，根據逯欽立輯校《先秦漢魏晉南北朝詩》，作七言八句的只有沈約〈四時白紵歌〉五首、蕭綱〈烏夜啼〉、庾信〈烏夜啼〉、燕射歌辭〈徵調曲〉六首其二、江總〈芳樹〉、〈雜曲〉三首其一、〈姬人怨〉、隋煬帝〈江都宮樂歌〉、〈泛龍舟〉、〈四時白紵歌〉二首、虞世基〈四時白紵歌〉二首，總共還不到二十首。到了初唐時七言律詩並不多見，並且大部分表現在奉和應制方面，佳作極少，就是倡導五律的沈宋，於七律也寫得極少，能補沈宋缺陷的，當歸大詩人杜甫了，錢木庵《唐音審體》說：「初唐諸家長律詩，對偶或不甚整齊，第二字或不相黏綴，如胡鍾正書，猶略帶八分體。至右軍而楷法大備，遂為千古立極。詩家之少陵，猶書家之右軍也。少陵作而沈宋諸家可祧矣。故五言長韻，七言四韻律詩，斷以少陵為宗。」〔註17〕即說明五言長律與七律，唯有杜甫之氣魄，才能建立開創之功。杜甫以後，七律才獲得發展，數量逐漸多了起來。

第三節　從歷史源流看六句詩和四句、八句詩的關係及四句、八句詩何以成為定體

　　六句詩因為介於四句和八句之間，就句數形式，很容易讓我們懷疑它和四句八句詩在歷史淵源上有關係。並且有些六句詩的結構，是在四句寫完之後，再加上兩句，如甚得蘇東坡欣賞的柳宗元〈漁翁〉，

〔註17〕見錢木庵《唐音審體》「律詩五言長韻論」。

他有一段議論說：「詩以奇趣爲宗，反常合道爲趣。熟味此詩，有奇趣，然其末兩句，雖不必亦可也。」（《冷齋詩話》引）〔註18〕。也有些像第三章第五節所舉尾聯對仗的六句詩，常讓人有應做八句而少二句之感，但不論是在四句之上加二句，或是尾聯對仗讓人有未完之感的六句詩，都可算是忽視六句詩結構原則偶而所犯的錯誤，實際上這樣的詩例，極爲少數。我們看絕大多數六句詩，不管合律或不合律，在內容表達上都是一個完整體，確實需要六句的篇幅表達，可以說和四句詩、八句詩完全沒有句數上少做兩句或多做兩句的關係。

就現存的詩歌中，我們也可以看到同一首詩或同一題目的詩，有作不同句數的情形。如最膾炙人口的曹植〈七步詩〉，《世說新語》〈文學篇〉作「煮豆持作羹，漉菽以爲汁。其在釜下然，豆在釜中泣。本自同根生，相煎何太急？」《漢魏六朝百三名家集》引《漫叟詩話》作「煮豆然豆萁，豆在釜中泣。本是同根生，相煎何太急？」較早的《世說新語》多出了「漉菽以爲汁。其在釜下然」兩句。但這是一首詩同時作六句、四句唯一的孤例，形成的原因，可能是後人把二、三兩句刪去。像這樣顯然是同一首詩而作六句或四句的情形，可說絕無僅有。另外在第三章探討《全唐詩》中六句詩的內容時，我們也發現六句樂府體，像〈子夜四時歌〉、〈春江花月夜〉、〈拔蒲歌〉、〈烏夜啼〉、〈關山月〉、〈烏棲曲〉、〈採蓮曲〉等，有從南朝四句、八句體變化成六句體的跡象。它們或者寫相同的內容，如劉孝威〈採蓮曲〉「金槳木蘭船，戲採江南蓮。蓮香隔浦渡，荷葉滿江鮮。房垂易入手，柄曲自臨盤。露花時濕釧，風莖乍拂鈿。」到了唐代鮑溶的〈採蓮曲〉「弄舟搗來南塘水，荷葉映身摘蓮子。暑衣清淨鴛鴦喜，作浪舞花驚不起。殷勤護惜纖纖指，水菱初熟多新刺。」變南朝的五言爲七言，八句爲六句，但內容都以採蓮爲主。也有寫

〔註18〕關於柳宗元〈漁翁〉詩末二句，是否該刪，後人各持不同的看法。姚榮松〈柳宗元漁翁詩的兩個問題〉（《古典文學》第八集，1986年4月）一文，對東坡刪句說，有進一步的評論。

不同性質內容的，如南朝〈子夜歌〉「宿昔不梳頭，絲髮披兩肩。婉伸郎膝上，何處不可憐。」大都比較纖柔纏綿。而李白的〈子夜四時歌‧秋歌〉「長安一片月，萬戶擣衣聲。秋風吹不盡，總是玉關情。何日平胡虜，良人罷遠征。」則寫征婦相思和戰爭之苦，在寫作題材上有所不同。少數四句、六句、八句詩在歷史發展上可能有命題或內容上的密切關係，但絕大部份六句詩在歷史源流上和四句、八句詩並沒有承續的關係。四句、八句詩的興起，各有不同的歷史淵源，六句雖介其中，但與它們並沒有增減句數的關係。

　　我們在第二章三、四節探討先秦至隋代六句詩的歷史源流時，發現六句詩的數量，在《詩經》中僅次於四句，經過先秦漢代，六句詩大都以歌謠的形式出現。曹魏時代，除了歌謠有作六句外，文人也開始創作六句詩篇。晉代文人所作六句詩逐漸增多，並且有固定作六句的詩題。南朝時由於王室作家也好作六句詩，正式場合的應制詩並不排斥作六句，固定作六句的詩題增多，所以六句詩的數量達到 250 餘首。北朝、隋代六句詩的數量遠不及南朝。而從第三章「全唐詩中六句詩的形貌」探討中，我們發現唐代雖然絕、律普遍盛行，但六句也並未絕跡。在形式上，有一小部分吸收近體格律的規範，而形成三韻小律，極大部份仍繼齊梁陳隋以來六句古詩或樂府的形式表現。因此就歷史淵源看六句詩和四句、八句詩的關係，它們在產生過程中，一直是竝行的。不論《詩經》，先秦歌謠、漢代歌謠、樂府、魏代民歌或文人的創作中，它們的數量，在某一階段，雖有或多或少的差異，但這純為偶然現象。我們很難從早期的詩歌句數統計或實際詩例中，作合理而肯定的解釋。但是在南北朝以後至唐代，四句和八句詩，居句數形式的多數，就不能再用自然演變概括而論了。從四句詩的歷史源流探索中，我們發現它主要起於民間的吳歌西曲，這股起於民間的大勢力，也影響了文人的創作形式。在齊梁聲律基礎上，經過陳隋至唐初，文人在創作過程中不斷的突破，終於定下唐代近體格律，五言四句詩即為規範唐代近體詩的基

本單位。而五言八句詩，成爲句數形式的多數，大約是在齊梁以後，
除了有力人士的鼓吹外，還有它本身相當的理論基礎和形成途徑。
我們看四句與八句詩在南北朝以後形成定體，大致上說，四句詩的
取得優勢起於民間，而八句詩的大量形成，多半是起於文人和宮廷。
它們有各自的形成環境和群眾基礎，因而在傳統詩歌句數上成爲兩
種最重要的句數形式。從漫長的詩歌發展演進中，六句詩和四句八
句詩之間，並沒有多做兩句或少做兩句的縱向承續關係，而是齊頭
並進的；但因四句、八句詩，擁有有利的形成條件，而六句詩沒有，
所以四句、八句詩能形成定體，而六句詩，長久以來只是定體之外
的少數詩體了。

第五章　六句詩與四句詩、八句詩架構及內容特點的比較

　　四句詩及八句詩形成定體，除了外在歷史源流上，有相當的形成背景外；更重要的是，它們內部的架構較其他句數詩，具有更優越的條件。所謂架構，應該可以從字句上的結構形式和節奏上的平仄格律兩方面看。中國詩因爲講求對偶，因此大多數趨向於偶數，又因爲注重精簡，因此喜歡作四句八句短製。然而六句詩僅較四句多二句，較八句少二句，難道不能適得中庸，補四句之短，八句之長嗎？這即牽涉到中國詩的架構問題。我們知道詩本是一種精緻的語言藝術，如何達到精緻，必須在架構定出規範。於是我們看到藝術形式最成熟的近體詩，在結構形式上有一定的字句組合，在平仄格律上有一定的節奏規範，作詩的人必須遵守這樣的規範，作出來的詩才是定體。誠如《唐音審體》論律詩體製說：「律詩始於初唐，至沈宋而其格始備。六律也，謂其聲之協律也。如用兵之紀律，用刑之法律，嚴不可犯也。」六句詩不論在結構形式的字句組合方面，或者平仄格律的節奏規範上，都正好是接近定體，但又非定體，因此它一直只是一種少數詩體，無法取得和四句八句詩同樣的發展地位。本章我們主要從結構形式和平仄格律兩方面，探索中國詩的架構問題，進而探討六句詩與四句、八句詩在架構上的關係，以及四

句、八句詩成爲定體之因。六句詩雖不能在架構上和四、八句詩抗衡，但它具備什麼樣的形成條件和內容特點，而獨具一格，在本章我們也要拿它和四、八句詩做個對照。

第一節　從結構形式上比較六句詩和四句、八句詩

中國詩以句爲單位，有各種不同句數的詩體。但在表達意義時，通常又合兩句爲一聯，以表達完整的意思，由於聯數與韻數正好相符，因此聯數可以代表韻數（通常以隔句入韻爲準）。絕句有二聯二韻，小律有三聯三韻，律詩有四聯四韻，任何一首詩都以聯爲創作的基本單位，向外一聯一聯擴大而成。除了少數奇數句詩，無法有整數聯外，大部分的詩都作整數聯，尤其是偶數聯。董文渙《聲調四譜》：「……絕句云者，單句爲句，句不能成詩。雙句爲聯，聯則生對。雙聯爲韻，韻則生黏，……誠以詩必和聲，獨句不能爲聯，獨聯不能爲韻，故必以四句爲準。……」〔註1〕是說一首詩最起碼要作四句，因爲只作一句，不能產生對，作二句一聯，雖有對應關係，但只有一韻，不能符合詩必和聲，韻腳諧和的要求，因此必須有兩聯才能諧韻。只有作四句兩聯，才能聯對黏韻皆備，因此四句詩爲一種最精簡，也是最受歡迎的句數形式。並且通常作詩時，簡單的主題思想，用四句就可以表達清楚，比較繁複的主題思想，才用較多的句數來表達。《詩經》中的章，樂府中的解、曲或古詩賦習慣以四句爲一段，〔註2〕都足以說明四句一段最適合表達完整的概念或者思想段落。

而論四句詩的內容表達，元人范梈首先用「起、承、轉、合」分段，〔註3〕於是絕句的首句爲起，次句爲承，三句爲轉，四句爲合。雖然不見得每一首詩都具備脈絡分明的起承轉合，但要在這種短製中

〔註1〕見《聲調四譜》卷末「五言絕句」。
〔註2〕見黃盛雄《唐人絕句研究》頁12。
〔註3〕引自（清）仇兆鰲《杜詩詳注》，（台北：漢京文化事業公司，1984年3月初版）頁43。

出現贅語，勢必不可能。（元）楊載《詩法家數》：「絕句之法，要婉曲回環，刪蕪就簡，句絕而意不絕，多以第三句為主，而第四句發之……。」〔註4〕論絕句的作法，以第三句為主，第四句發之，正如范梈所謂的第三句轉，第四句合。而所謂的婉曲回環，刪蕪就簡，句絕而意不絕，即為絕句的最大特色。這種四句小詩要含蓄委曲，藏不盡之意，才能在短短二十字內，表達豐富的情感和意念，達到以小見大，言有盡而意無窮的境界。

　　八句詩的形成途徑，則是從長篇的詩中領悟出作八句的優點，而逐漸完成。像齊梁時代五言八句詩的形成，最早是從長篇的樂章中載出，也有從歌功頌德，注重鋪排的應制詩中，逐漸刪減。隋以後開科舉考試之端，唐代承襲之，加上律詩初起，大都用於應制奉承，這種應付考試的試帖詩和巴結貴族的應制詩，大都作十幾句的長篇，除了首尾四句外，中間一大串都是堆砌的對仗辭藻。我們各舉二首試帖詩和應制詩，以見此種長律之缺點。

〈賦得春風扇微和〉　　柳道倫

　　青陽初入律，淑氣應春風。始辨梅花裡，俄分柳色中。依微開夕照，澹蕩媚晴空。拂水生蘋末，經巖觸桂叢。稍抽蘭葉紫，微吐杏花紅。願逐仁風布，將俾生植功。〔註5〕

〈賦得風動萬年枝〉　　韋紓

　　嘉名標萬祀，擢秀出深宮。嫩葉含煙靄，芳柯振惠風。參差搖翠色，綺靡舞晴空。氣稟禎祥異，榮霞雨露同。天年方未極，聖壽比應崇。幸列華林裡，知殊眾木中。〔註6〕

〈奉和幸長安故城未央宮應制〉　　宋之問

　　漢王未息戰，蕭相乃營宮。壯麗一朝盡，威靈千載空。皇明悵前跡，置酒宴群公。寒輕綵仗外，春發慢城中。樂思

〔註4〕見《歷代詩話》，（元）楊載《詩法家數》「絕句」。
〔註5〕見《全唐詩》（台北：文史哲出版社 1987 年 12 月出版），頁 3886。
〔註6〕同上註，頁 3883。

回斜日，歌詞繼大風。今朝天子貴，不假叔孫通。〔註7〕

〈昆明池侍宴應制〉　　沈佺期

武帝伐昆明，穿池習五兵。水同河漢在，館有豫章名。我
后光天德，垂衣文教成。黷兵非帝念，勞物豈皇情。春仗
過鯨沼，雲旗出鳳城。靈魚銜寶躍，仙女廢機迎。柳拂旌
門暗，蘭依帳殿生。還如流水曲，日晚棹歌清。〔註8〕

　　我們並不是認為對仗多的詩就不好，但要像杜甫所作的長律那樣
自然天成，著實不多。就一般的長律而言，很難不流於像試帖應制中
間聯堆砌對仗，沒話找話說，勉強湊足句數，但都是糟粕的缺點。因
此除非是考試規定，不得不照樣畫符，平時遣興之作，誰肯費那麼大
的心思，找遍典故去做這種大而無當的長律呢？同時近體的平仄律只
有四種句型，用完了得一再重覆，也是相當單調冗長，缺乏變化（下
一節將詳加探討）。八句律詩即從這種長篇累牘只重對仗的長律中，
加以精簡成兩聯對仗，於是沒有這類長律的缺點，舉杜甫〈春日憶李
白〉為例：

白也詩無敵，飄然思不群。清新庾開府，俊逸鮑參軍。

渭北春天樹，江東日暮雲。何時一樽酒，重與細論文。

全詩的主題在首尾兩聯，從這兩聯可以看出一首詩的思想內容；而中
間兩聯對仗是律詩藝術創作部份，主要用來豐富或修飾主題。假如我
們把首尾兩聯當成骨幹的話，那麼對仗聯就是肌肉或枝葉了。肌肉或
枝葉太多如長律，勢必使詩的精神流於單調呆板，無法將感情自由率
直地表達出來；並且顯得肥胖臃腫，不勝負荷。肌肉或枝葉太少如三
韻小律，則顯得弱不禁風，缺乏四平八穩的勻稱感。因此就中國詩的
結構形式而言，四句應可說是一個基本間架，八句律詩多出的兩聯對
仗，正好和首尾四句分量相等，顯出主題和襯托之間十分諧和。三韻
小律減去一聯對仗，則失去了這種均衡與諧和感。猶如御前儀仗，僅

〔註7〕同上註，頁648。
〔註8〕同上註，頁1045。

見一排，無論如何是力單勢薄了些。聞一多認為律詩藝術上有均齊、渾括、蘊藉、圓滿等四個主要的民族特色，﹝註9﹞雖然並非每一首律詩都一定比長律或三韻小律好，不過就《全唐詩》中五律 9571 首，七律 5903 首，共 15474 首，占全部唐詩約 1/3 的比率，正足以說明八句律詩具有優越的條件，所以大家都喜歡作它。

　　總之，合律的六句詩由於結構上單聯單韻，不符合黏對聯韻四句作一基數的標準；並且在內容表達上的條件也不如絕句和律詩，因此數量不能與絕、律抗衡。而這也是四句、八句詩在歷史源流之外，屬於近體詩必須講求結構形式的優越條件之一。

第二節　從平仄格律上比較六句詩和四句、八句詩

　　六句詩在架構上，除了字句組合形式不如四句、八句理想外，最主要還是它不在唐代近體詩的基本節奏範圍，所以無法和四句、八句詩競爭。

　　中國詩歌的平仄格律理論，始於齊武帝時的永明體。但根據記載這個理論最為詳細的《南史‧陸厥傳》:「齊永明九年，時盛為文章。吳興沈約、陳郡謝朓、琅邪王融，以氣類相推轂；汝南周顒善識聲韻，約等為文皆用宮商，以平上去入為四聲，以此制韻；有平頭、上尾、蜂腰、鶴膝。五字之中，音韻悉異；兩句之內角徵不同，不可增減，世呼為永明體。」參以《南齊書‧文學傳》、《宋書‧謝靈運傳》、沈約〈答陸厥書〉等等相關史料，甚至從當時文人實際詩作中，我們實在很難看出這種理論具體如何。﹝註10﹞不過在這個理論提出後，經過齊、梁、陳、隋、初唐文人不斷地創新研究，終於定出規範唐詩的近

﹝註 9﹞ 見聞一多《律詩底研究》未定稿，轉引自袁謇正〈律詩——中國式的藝術——聞一多律詩研究述評〉，《武漢大學學報》1985 年 1 期。

﹝註 10﹞ 見王靖婷撰〈有關永明聲律說的幾段歷史記載之剖析〉一文（《東海中文學報》第八期 1988 年 8 月），而從時人詩作中，平仄黏對，雙平雙仄的觀念，也還不具體，距離近體格律尚有距離。

體格律。這個格律由四個基本節奏型組成，王力《古代漢語》卷三十「詩律」（下），使用非常科學的方法，按句子的起收把它們標示如下：

仄仄仄平平　　A　　　　仄仄平平仄　　a
平平仄仄平　　B　　　　平平平仄仄　　b

　　A、a、B、b 的代號，不僅代表 A、a 為仄起，B、b 為平起，a、b 為仄收，A、B 為平收；在平仄格律組合時，還代表黏對，A、a（或 B、b）同類只能相黏，A、B（或 a、B，b、A）異類只能相對。所有格律詩都必須遵守 a、B，b、A，或其他合乎黏對的四句基本節奏型，才能使節奏諧和，頭尾兩句的平仄也能相黏，形成生生不息的節奏組合體，然後再由這四個捆在一起無法拆開的基本節奏型循環出現，表現各種不同的詩體。因此雖然有二句一重複的節奏型，如：

〈江雪〉　柳宗元
　千山鳥飛絕　b　萬徑人蹤滅　a
　孤舟蓑笠翁　B　獨釣寒江雪　a

〈使君席夜送嚴河南赴長水〉　　岑參
　嬌歌急管雜青絲　A　銀燭金杯映翠眉　B
　使君地主能相送　a　河尹天明坐莫辭　B
　春城月出人皆醉　a　野戍花深馬去遲　B
　寄聲報爾山翁道　a　今日河南勝昔時　B

也有三句一重複的節奏型，如：

〈種柳三詠〉　白居易
　從君種楊柳　b　夾水意如何　A
　準擬三年後　a　青絲拂綠波　B
　仍教小樓上　a　對唱楊枝歌　A

　　但都因為聯與聯間以及首尾兩句的平仄不相黏，無法產生迴環的節奏感。並且節奏二句一循環，總覺太迫促，三句一循環，節奏型的

出現又無法對稱，缺乏詩歌節奏講求的藝術原則。因此最具平衡、對稱、迴環美感的格律形式，必須以四句爲循環。節奏以幾句爲循環，六朝以來的詩人曾經不斷的考察研究，至唐代近體詩，爲了兼顧節奏的相對以求均衡，和重複以求迴環的原則，終於以四句定型化。〔註11〕

　　下面我們即依據四句一循環的基本節奏型，將合律的四句、六句、八句詩格律組合情況列成總表：

詩體　首句　　　情形　平　仄起	絕　　　句		三韻小律		律　　　詩	
	首句不入韻	首句入韻	首句不入韻	首句入韻	首句不入韻	首句入韻
仄　起	a,B,b,A	A,B,b,A	a,B,b,A,a,B	A,B,b,A,a,B	a,B,b,A,a,B,b,A	A,B,b,A,a,B,b,A
平　起	b,A,a,B	B,A,a,B	b,A,a,b,b,A	B,A,a,B,b,A	b,A,a,B,b,A,a,B	B,A,a,B,b,A,a,B

　　由上表我們發現，當首句不入韻時，絕句的四個基本節奏型剛好出現一次，三韻小律出現一次半，律詩則正好出現兩次。當首句入韻時，絕句、律詩節奏型的出現雖然稍有錯落，但和三韻小律的基數仍然作一次、一次半或二次。從節奏型的組合情形，透露出絕句、律詩屬於四句完整的基本節奏型，而三韻小律的節奏型則不完全，因此在格律講求黏對、均衡、迴環的唐代近體詩標準下，當然它要被當做少數的異體了。這在我們檢視《全唐詩》中合律的十句詩時，也得到了驗證。根據我們的統計，《全唐詩》中合律的十句詩只有 45 首，探究原因，還是因爲它由二個半基本節奏型組成，和三韻小律一樣，不屬於基本節奏重複的規範中，缺乏格律均衡迴環的美感之故。由此即可看出四句一循環的基本節奏型，是近體詩格律的骨幹，唯有遵循這樣的標準，才能符合近體詩格律美的要求。至於節奏型的出現，一次固然單調，多次更顯得冗長拖沓，缺乏美感，因此重複二次的律詩，在格律的表現上，最爲適中。錢木庵《唐音審體》：「……馮班曰：『律

〔註11〕見日人高木正一撰，鄭清茂譯〈六朝律詩之形成〉，《大陸雜誌》十三卷九、十期，1986 年 11、12 月。

詩多是四韻，古無明說。嘗推而論之：聯絕黏綴，至於八句，首尾胸腹，俱已具足。』如正格二聯，平平相黏也，中二聯仄仄相黏也。至二轉而變有所窮，則已成篇矣。」〔註12〕即在說明這種八句律詩在格律上兼顧黏，並且具備首尾胸腹，能窮盡基本節奏的變化。《全唐詩》中律詩占最大多數，即是節奏要求以重複二次為最理想之說明。

小律的格律形式，我們從四句基本節奏型看，可能是節奏型出現了一次半，也就是在四句之上加二句，也可能是節奏型出現尚不足二次，也就是比八句少了二句。董文渙《聲調四譜》有比較特殊的看法，他說：「小律之法，何以必別於律乎？曰，此猶平仄單備為絕句，雙備為律詩也。唐制試律取士，定式以六韻，別為一體，與長律不同，而首句則斷不入韻，故其單句句末三聲互用，亦必因小律而重之乃足，故小律者三聲之單備，試帖者三聲之雙備也。物有奇偶，數有陰陽，此其所以自成一格也。」〔註13〕將小律的格律形式，看成是從十二句的試帖詩而來，其所以自成一格，是因為小律具備三聲互用之故。林文月〈南朝宮體詩研究〉也曾指出「唐朝流行的五言十二句律詩，是沿襲齊梁五言十二句宮體詩而來，又有些唐人只作其半，便成了另一種流行的五言六句律體。」〔註14〕兩人同時指出六句律體是從十二句律詩截半而來，董氏更特別指出是從試帖來，主要由於試帖詩規定首句不可入韻，小律仿照試帖，出句具備上去入三聲，連同押韻的平聲，則四聲備矣。董氏所以要這樣解釋，主要是為了建立其三聲互用之說法。就六句律詩的產生而言，不論是沿襲齊梁五言十二句宮體詩，或者是從試帖截半而來，都是合理的推測，不過董氏所謂小律三聲互用之說，恐怕猶待商榷。根據我們實際統計《全唐詩》中的三韻小律，七言 26 首中，只有 7 首三聲互用，五言 74 首中，只有 14 首三聲互用，平均僅占 21%的比率，連半數都不及，實在很難說小律

〔註12〕見《清詩話》錢木庵《唐音審體》「律詩五言論」。
〔註13〕見董文渙《聲調四譜》卷十一，三韻小律。
〔註14〕見林文月《澄輝集》，（台北：洪範書店，1983 年 2 月版）頁 155。

以三聲互用自成一格。

　　總之，就格律形式說，小律可能的組合方式有從絕句加二句，從律詩少二句，從十二句律詩截半等各種不同的途徑，但無論如何它都離開了四句基本節奏型的範圍，所以在格律上也無法與四句、八句詩抗衡。

第三節　從架構看六句詩和四句、八句詩的關係及四句、八句詩何以成爲定體

　　從架構上看六句詩和四句、八句詩，不論字句的結構形式，或格律的平仄節奏，都居於四句、八句的中間，但這並不表示在詩歌的表現上，它是一種適中的形體，反而因爲二句之差，無法表現四句與八句所擁有的優點。

　　經由前兩節從「結構形式」、「平仄格律」將六句詩與四句、八句詩加以比較之後，我們發現在講究結構形式、平仄格律的近體之前，四句八句詩各有形成定體的有利時代背景和群眾基礎。到了以字句組合，平仄格律爲依據的唐代近體詩，四句、八句詩又由於具備架構上的優越條件而形成定體。這個架構是環繞著近體詩句數組合和平仄格律都以四句爲一基數的標準出發，六句詩由於不屬於這個規範標準，自然要處於劣勢，無法與四句、八句詩競爭了。於是我們看到四句的絕句，不僅是一首詩句數組合的基本單位，在表達內容上也最精要不繁；同時在平仄格律的形式上，它又是滿足黏對，窮盡節奏變化的基本形體。八句詩在句數結構和平仄格律上，正好是四句完整結構體的重複，因此在結構形式上黏對聯韻十分均衡，在表達內容上比四句詩更爲豐富，在平仄格律上，又因爲節奏型的重複二次，既不單調，也不拖沓，具備聯絕黏綴，首尾胸腹，吟誦起來最爲和諧自然。而六句詩由於在句數上無法避免單聯單韻，在對仗上又很難像八句詩均衡平穩，更重要的是在平仄節奏型上，它無法完成完整的節奏型，缺少節奏等次出現的諧和美感，所以在詩

歌發展史上，無法取得一席之地。反觀四句、八句詩，大約在南朝取得定體的地位之後，又由於它們本身的架構，最適合表現中國詩歌均衡諧和的藝術美，因此成爲詩歌發展史上的定體，建立屹立不搖的地位。

第四節　六句詩和四句、八句詩內容特點的比較

　　從前面的討論，不管是歷史背景或架構兩方面，四句、八句詩所具備的條件，都不是六句詩所能匹敵，那麼六句詩何以還能在詩歌史上占一席之地，這點我們有必要從形成條件，分析它們的內容特點。

　　關於四句、八句詩的結構形式，過去已有討論，我們知道四句是一首詩結構組合，最精簡的形式，而在內容表達上，又最含蓄而藏不盡之意。以李商隱的〈登樂遊原〉詩來說：

> 向晚意不適，驅車登古原。
> 夕陽無限好，只是近黃昏。

短短的五言四句，寫盡作者鬱悶和觸景傷情的無窮感慨。這樣的小詩好比小條幅的繪畫，畫中只見一個滿懷滄桑的老人，望著緩緩西沈的夕陽，感慨自己的遭遇，那份無奈和悵然，留給看畫的人相當的想像空間，所謂咫尺論萬里，最可以說明這種小詩給讀者的想像和共鳴。而八句詩，除了可以避免四句組詩分章，感情不易貫串的缺點外，確實比四句詩可以容納更多的感情，並且更見對偶修飾的藝術技巧，表現格律詩的特點，如杜甫的〈詠懷古跡〉其五：

> 諸葛大名垂宇宙，宗臣遺像肅清高。
> 三分割據紆籌策，萬古雲霄一羽毛。
> 伯仲之間見伊呂，指揮若定失蕭曹。
> 運移漢祚終難復，志決身殲軍務勞。

這首詩主要寫諸葛亮一生的功業人格，首聯泛起，點出諸葛亮的功業，頷頸兩聯則補充首聯，具體指出他的事功才德，尾聯除慨歎時運不濟外，更襯出他「鞠躬盡瘁，死而後已」的偉大情操。這樣的八句

詩，比四句詩在內容上更爲豐富。以這兩首四句、八句詩爲例，我們簡直無從在其中增減句數，普遍看其他短篇的四句、八句詩，在內容表現上也有這種渾然天成，無法增刪的特點。

六句詩在內容表達上，我們就《全唐詩》中 699 首六句詩全面檢查，發現它和四句、八句詩一樣，也是一個不可被拆開的完整個體。拿李白變南朝四句爲六句的〈子夜四時歌・秋歌〉來說：

> 長安一片月，萬戶擣衣聲。
> 秋風吹不盡，總是玉關情。
> 何日平胡虜，良人罷遠征。

除了一反過去纖柔之風，表現在更廣大的題材外，我們看這多出的二句，無論如何是刪去不得，否則這首詩怎見動人處呢？我們再看七言的六句詩和雜言的六句詩：

白居易〈聞夜砧〉

> 誰家思婦擣秋帛，月苦風淒砧杵悲。
> 八月九月正長夜，千聲萬聲無了時。
> 應到天明頭盡白，一聲添得一莖絲。

白居易〈花非花〉

> 花非花，霧非霧。
> 夜半來，天明去。
> 來如春夢無多時，去似朝雲覓無處。

無論刪去那一聯，於內容的表達，都欠清楚完整，更糟的是那將無法毫無遺漏的表達詩人的情感。我們也無法爲它們增加句數，因爲那不僅徒勞無功，更顯累贅。因此不論四句、八句詩或者六句詩，它們在內容上的特點，都是一個完整不可被拆開的個體，它們所以作不同的句數，全憑作者的感情和文意而定。

在短詩中，通常以四句、八句爲主，顯示四句、八句可以廣泛被應用到各種情感，在這種情況下，六句詩自然退居到次要地位。那麼它憑什麼自成一格，不全爲四句、八句詩所取代呢？從前面的詩例

中，我們看到四句詩以精簡含蓄取勝，八句詩以內容豐富和對仗排偶取勝，而六句詩除了具備四句詩的基本小幅外，更增加了使全詩靈活生動的二句，像「何日平胡虜，良人罷遠征」、「應到天明頭盡白，一聲添得一莖絲」、「來如春夢無多時，去似朝雲覓無處」，就那三首六句詩本身來看，都是四句小幅外無法容納的部份，而這一部份又是全詩的精粹，無法省略，有了這二句，詩人的感情才充分發抒，整首詩才更生動感人。我們不否認多半時候四句、八句詩是適合感情和文意表達的理想句數，但極少時候，爲了妥善的處理詩人的感情，六句詩還不失爲一種不錯的補救形式。六句詩由於有濟四句、八句詩有時而窮的形成條件和內容特點，因此雖是一種異體詩，卻也能和定體的四句、八句詩一直并存。

結　論

　　中國詩歌以五、七言和四、八句爲主要形式，無疑的是經過很長
時間，總結歷代詩人們的藝術經驗而形成。過去探討這個問題，大都
從詩歌發展史出發；本文除了採取前人探索的成果外，還不憚其煩的
就現存最完整的詩集，實際統計各時期詩歌言、句的數量，從數量反
映詩歌形式的演變，結果雖無異於前人的研究，但使詩歌形式演變的
痕跡更爲具體可尋，是可以肯定的。

　　從各時代詩歌言、句的統計數字，顯示出傳統詩歌形式的演變。
在言方面，先秦詩歌，《詩經》主要爲四言體和以四言爲主體的雜言
體，《楚辭》爲以六言爲主體的雜言體，都是以偶數言爲主體的形式。
漢以後，五、七言詩興起，奇數言逐漸取代通行已久的偶數言，成爲
詩歌言的主要形式。七言詩的盛行，雖然要晚到唐代，但五言詩自漢
魏成熟以後即普遍盛行。在句方面，漢代以前詩歌，作奇數句的仍然
不少，魏以後才逐漸趨向於偶數句。詩歌以偶數句爲主，主要是因爲
它以兩句一聯爲表意單位，並且著重對偶的緣故。聯的特殊作用，決
定了中國詩的句數形式。我們不知道人們何時才有聯的觀念，不過從
魏以後奇數句詩顯著減少，可以看出此時人們更重視詩句的並行對
偶。在此以前，人們並不是沒有這種觀念，只是在數量上看起來沒那
麼多。而在以聯爲基礎的偶句中，尤以四句、八句的短製最爲盛行。

四句詩從《詩經》起一直就是最受歡迎的句數形式，八句詩則晚到齊梁以後才大量形成。到了唐代，這種四句、八句短製逐步格律化，成爲近體絕句、律詩的基本句數，並成爲大家爭相創作的定體。而介於其間的六句詩，我們統計它在各時代出現的數量都不多，由於數量不多，因而影響品質。假如和定體的四句、八句詩比較，做得好的六句詩就遠不及四句、八句詩多了。在量不多、質不精的情況下，一般人當然很容易忽視它的存在。

爲了全面瞭解前人對六句詩的論點，本文將詩話和一般論著中有關的討論，全部集中起來，分成六句詩的名稱、與三韻詩的異同、作者、內容、淵源、平仄黏對和形式、首句入韻問題、聲調問題、作法、小律三聲互用說、小律與試帖的關係等十一項，分別檢討，澄清前人含糊概括的說法，並進而探討這種詩體的演變情形如何？和四句、八句詩的關係如何？以及在詩歌史上的意義等重要問題。

六句詩在《詩經》中僅次於四句詩，在先秦時代，大部分爲歌謠形式，漢代則大部分爲民歌和騷體形式。一直到魏晉以後，由於五言詩的蓬勃發展，文人的加入創作，六句詩表現的內容和形式，才更爲成熟整齊。南朝以後，隨著聲律說的興盛，六句詩在對偶和聲律方面和四句、八句詩一樣，也開始逐步形成。由於六句詩在南朝時也是頗受注意的詩體，若說南朝以來的聲律家，在醞釀聲律說的過程中，未曾考慮到一首格律詩要作六句，自然不可相信。最終它不能和四句、八句詩競爭，其中必然潛藏其他重要的原因。

唐代各種詩體都發展到極盛，六句詩自不例外，因此我們以《全唐詩》中的 699 首六句詩爲代表，分作者與篇數、使用字數、平仄黏對、押韻、對偶、表現內容等幾個重點，探討六句詩發展到極盛時的形貌。發現唐代六句詩作者不多，以白居易、李白、孟郊等人爲重要作家，數量也不多，只是時人偶而之作，並非一種普遍的詩體。在形式方面，不論使用字數、平仄黏對、押韻、對偶、表現內容等，與四句、八句詩並無差異；但在平仄格律方面，大約只有 100 首六句詩，

仿照近體詩的節奏形式入律，與四句、八句詩入律的比率，相差懸殊。大致上說這 100 首六句詩的性質比較接近律詩，剩下的雜言六句詩比較接近樂府體，齊言不合律的六句詩，性質則比較接近於古體絕句。這種在近體詩盛行後，不採近體的句數和平仄格律的六句詩，固然可視爲故意逃避平仄拘束，反抗近體格律的一種表達形式。但探其源，六句詩和四句詩一樣，最早都是起源於民歌，然後再嚐試各種不同內容的表達，因而在民歌之外，更創出多樣的題材內容。我們看《全唐詩》中，有少部分六句樂府民歌，完全承襲南北朝的形式結構，更表現在其他範疇，即可證明。

　　我們再檢查現存的六句詩，有些看似是在四句之上再加二句，或者應做八句，而只做六句，但這樣的詩例十分少。對於這些少數特殊的例外現象，我們認爲可能是作者一時忽略六句詩的結構原則，而犯了由四句、八句詩增減的忌諱。絕大多數的六句詩是一個完整體，它的內容確實需要六句的篇幅表達。六句詩和四句、八句等短製的結構，是詩體毫無累贅，精簡的完整個體。它們之間相差二句的情形，和十二句、十四句、十六句長律之間，多做一聯或少做一聯的關係不同。因爲八句以上律詩，中間聯對仗句數不論多少，絕大多數只是一種藝術修飾成份，多做二句或少做二句，並不影響詩的主題內容。我們看《全唐詩》中也有些六句詩和南北朝時的四句、八句詩，具有相同的命題和內容，但它們之間，並沒有增減句數的關係，所以作六句，純視表現內容和情感的實際需要而定。

　　六句詩由於介在四句、八句之間，的確很容易讓人產生它和四句、八句詩有必然關係的錯覺。但是根據我們對三種句數形式的統計，四句詩和八句詩的數量，隨時代而有消長。齊以前四句詩多於八句詩，齊以後八句詩多於四句詩，這兩種句數形式，一直居所有句數形式的多數，而六句詩的數量和它們相差極懸殊，在統計數字不是齊鼓相當的情況下，實在很難說明三者之間曾有多做二句，或者少做二句的可能性。爲了進一步探討六句詩和四句、八句詩的關

係，以及四句、八句詩形成定體的原因，單從六句詩著手，根本就無線索可尋，因此我們轉從四句、八句詩大量形成的歷史背景和架構兩方面，探討四句、八句詩具備了六句詩所缺乏的條件，因而形成定體。在歷史背景方面，我們發現四句詩有傳統審美觀念的支持，以及晉以後大量五言四句民歌形式的促成；八句詩由於齊梁時有產生的理論背景和形成過程，因而大量盛行，從此成為句數形式的主流。在架構方面，不論是字句的結構形式或平仄節奏的格律形式，四句、八句詩都具有適合文意安排，適合聲律調度的優越條件。六句詩雖介其間，但因不具備這些優越條件，因此在詩歌發展過程中，不能和四句、八句詩競爭。

總之，六句詩和四句、八句詩在歷史發展過程中，並沒有縱向的承續關係，而是竝行的發展；也沒有句數上多作二句，少作二句的增減關係，而是配合文意與感情所作的完整個體。雖然在詩歌史上，六句詩一直處於弱勢，但畢竟它和四句、八句詩始終同時出現。在唐代近體律絕嚴密的格式限制下，這種自由體不但沒被淘汰，反而因為具有濟四句、八句詩有時而窮的形成條件和內容特點，出現多樣的形式，自成一格，它的存在自應有意義和價值，不容被忽視。我們從統計數字、歷史背景、架構等方面，固然可以說明大多數人願意接受的句數形式，但我們更期望有新的材料，可以從不同的角度探討這個題目。

附論六言詩

中國詩歌一向以五、七言爲正統形式，就是四言也被視爲大雅之音，[註1] 因此傳統詩歌以這三種形式的數量最多；而介於五七言之間的六言詩，雖然也和它們一樣，在歷史舞台上同時出現，卻因爲數量少，並未受到人們的重視。事實上六言詩和四、五、七言詩的發展一直竝行，並未曾絕迹，可見它必然具有某種獨特的藝術形式，而不至於被淘汰。然而它的形貌，在我們的腦海中卻十分含糊，因爲它並不像五七言定體，在文學史中普遍被討論。我們對它的認識，大都是從詩話中得來，往往過於零碎、概括，爲了具體的對這種獨特的詩體有所了解，我們就它的數量、句式、起源和發展、全盛時的形貌、影響等幾個重點加以探討，希望能眞實的將六言詩的面貌呈現出來。

第一節　六言詩的數量

我們根據學海本逯欽立輯校《先秦漢魏晉南北朝詩》和文史哲本清康熙敕編《全唐詩》摘出每句都是六言的詩篇，統計其數量，分析其出現情形；或許齊梁以前的詩篇有許多爲採自類書或舊籍的殘句，

〔註 1〕　（明）陸時雍《詩鏡總論》（丁仲祜編訂《續歷代詩話》台北：藝文
　　　　　印書館 1974 年 4 月 3 版），葉 1。

統計數字的正確與否，還待商榷，但為方便研究，我們不得不仿照中國詩「言」和「句」的演變那樣，利用現存最完整的資料，窺測六言詩的演進歷史。至於宋代以後的六言詩，因為數量不多，而且不出於唐代六言詩的風格形貌，更主要的是缺乏完整的輯本，因此我們只統計到唐代為止。〔註2〕下面即為先秦至唐代六言詩數量和百分比率統計表：

時　　　　代	先秦	漢	魏	晉	南朝	北朝	隋	唐	合計
六言詩首數	7	14	23	28	11	15	0	90	188
詩篇總數	308	681	505	2305	4480	846	464	48934	58523
所占百分比	2.3%	2.2%	4.6%	1.2%	0.2%	1.8%	0	0.2%	0.3%

由上面的統計表，我們看出六言詩的數量各時期都不多；魏代六言詩的比率雖然比較高，但仍不及 5%。因此像洪邁的《容齋三筆》卷十五「論六言詩難工」即說：「予編唐人絕句得七言七千五百首，五言二千五百首，合為萬首，而六言不滿四十，信乎其難也。」清人紀昀評點蘇軾詩也說：「六言最難工，即工亦非正體。」〔註3〕可見六言詩作者少、數量少，是因為它難寫難工，又不被當成正體的緣故，所以歷來我們常把絕句、律詩分成五、七言兩種，至於六言，僅被當成一種聊備一格的詩體，〔註4〕這對六言詩而言是何等不公平。

第二節　六言詩的句式

句式即句子的結構，可分為音節結構和意義結構兩種，音節結構

〔註2〕本論文完成於 1990 年，當時只有《宋詩鈔》本，直到 1991 年由北大傅璇琮教授主編的《全宋詩》才完整收集宋詩。此次本書出版，受限時間，並未隨之作大幅修正重寫，仍以當時所見資料論述。

〔註3〕見紀文達評《蘇文忠公詩集》卷二十。

〔註4〕見王力《龍蟲並雕齋文集》〈中國格律詩的傳統和現代格律詩的問題〉一文，北京：中華書局1980 年 1 月出版。高棅《唐詩品彙》亦說六言為詩人賦詠之餘。

一般是每兩個音節構成一個節奏單位，我們稱爲「頓」或「逗」，即西洋詩所稱的音步，讀時在這個地方要略微延長、提高、加重。通常詩的節奏單位，相當於一個雙音詞或詞組，音樂節奏和意義單位基本上是一致的，但偶而也出現不同的情形。我們先看中國詩的音節結構形式是如何形成的：

王力提出漢語詩節奏的基本形式爲四言詩的兩句〔註5〕

平平仄仄

仄仄平平

（再細分爲平平—仄仄，仄仄—平平，每兩音節爲一單位）。

五言詩是四言詩的擴展，比四言多一個字一個音節，這一個音節可以加在原來四字句的後面，叫做加尾，也可以插入原來四字句的中間，叫做插腰。加尾要和前一個字的平仄相反，插腰要和前一個字的平仄相同，於是四言的兩式有以下四種變化。

（一）加　尾

平平仄仄→平平仄仄平

仄仄平平→仄仄平平仄

（二）插　腰

平平仄仄→平平平仄仄

仄仄平平→仄仄仄平平

六言詩在四言每句前面加上平仄相反的兩個節奏，於是：

平平仄仄→仄仄平平仄仄

仄仄平平→平平仄仄平平

七言詩在五言每句前面加上平仄相反的兩個節奏，於是：

平平仄仄平→仄仄平平仄仄平

仄仄平平仄→平平仄仄平平仄

〔註5〕見王力《龍蟲並雕齋文集》頁466，〈略論語言形式美〉一文。

平平平仄仄→仄仄平平平仄仄
仄仄仄平平→平平仄仄仄平平

　　雖然還可由這些四、五、六、七言的幾個基本形式，在非節奏點
的地方，加以變化成更多的形式，不過由此我們即可看出四、六等偶
數字一句的詩，只有兩種基本形式，而五、七等奇數字一句的詩，卻
有四種基本形式；而且我們從音節組合上看四、六言詩，只有雙音詞
組，而五、七言除了雙音詞組外，還夾雜著單音詞，使得變化更為靈
活。無可否認的四言詩後來漸漸沒落，為五、七言所取代，除了句子
短不能表現複雜的情感這個理由之外，音節的單調應該也是主要的因
素。而六言詩在四言的基礎上，再重複一個雙音詞，它的板重無變化
是可想見的。(清) 錢木庵《唐音審體》:「六言聲促調板，絕少佳什。」
〔註6〕即因為六言詩音節變化小，節奏分配很難適當，一般都分成二
四或二二二，但均覺聲促調板。董文渙《聲調四譜》對於六言和五七
言詩有更細微的論述，他說:「六言詩自古無專作者，以其字數排拘，
古之則類於賦，近之則入於詞，大家都不屑為，故各集中此體特尟，
即學者不善此體，亦不為病。夫四言，詩之祖也，而五而七雖漸積所
開，亦文章自然之理，不得不然者，遞增至九言，則有嘽緩卑弱之病，
再減而三言，則有拘促迫塞之音，詩之正格盡於此矣！至於六言，既
乏五言之雋味，又無七言之遠神，蓋文字必奇耦相間，陰陽諧和而
成。……六言則句聯皆耦，體用一致，必不能盡神明變化之妙，此自
來詩家所以不置意也。……」〔註7〕總之不外是就六言詩由雙音節構
成，節奏板滯，不如五、七言詩多一個單音詞，造成音節的長短相間，
變化無窮而加以批評的。我們且將五言的〈新嫁娘詞〉改成「三日進
入廚下，洗手試作羹湯。未諳姑嫜食性，先請小姑品嘗。」七言的〈下
江陵〉改成「朝辭白帝雲間，千里江陵夕還。兩岸猿聲不住，輕舟已

〔註6〕見錢木庵《唐音審體》「律詩六言論」。
〔註7〕見董文渙《聲調四譜》卷末「六言」。

過重山。」很明顯的，節奏變得板重缺少變化。正因爲六言詩音節結構，不合乎語氣之自然，所以自詩騷以至詞曲，鮮有其體。

再說意義結構方面，根據曾永義〈影響詩詞節奏的要素〉一文統計，〔註8〕五、七言詩的意義形式如下：

（一）五　言

1.23　　清新庾開府，俊逸鮑參軍。（杜甫）
2.221　綠樹村邊合，青山郭外斜。（孟浩然）
3.212　白雲依靜渚，芳草閉閒門。（劉長卿）
4.41　　山從人面起，雲傍馬頭生。（李白）
5.14　　青惜峰巒過，黃知橘柚來。（杜甫）

（二）七　言

1.43　　疏影橫斜水清淺，暗香浮動月黃昏。（林逋）
2.25　　縱使有花兼有月，可堪無酒更無人。（李商隱）
3.52　　永夜角聲悲自語，中天月色好誰看。（杜甫）
4.133　身多疾病思田里，邑有流亡愧俸錢。（韋應物）
5.223　桃李春風一杯酒，江湖夜雨十年燈。（黃庭堅）
6.313　春水船如天上坐，老年花似霧中看。（杜甫）

王力《中國詩律研究》更將五言的意義形式，細分爲九種；七言的意義形式，因爲更多，而未統計其種類。我們根據《全唐詩》中的六言詩九十首，分析它的意義形式爲：

1.222　　心事數莖白髮，生涯一片青山。
　　　　　空林有雪相待，古道無人獨還。（張繼、歸山）

大部份六言詩都是這種意義形式，偶有幾句例外，以下三種型式出現。

2.312　　仰幽巖而流盼，撫桂枝以凝想。（徐賢妃、擬小山篇）
　　　　　黑蛺蝶黏蓮蕊，紅蜻蜓裊菱花。（皮日休、胥口即事）
3.33　　　一政政官軋軋，一年年老駸駸。
　　　　　身外名何足算，別來詩且同吟。（劉禹錫、再贈樂天）

〔註8〕文載《中外文學》四卷八期 1976 年 1 月。

4.42　　　將千齡兮此遇，荃何爲兮獨往。（徐賢妃、擬小山篇）
二十四嚴天上。（王貞白、仙嚴二首）

　　從上面的分析，可見六言詩的意義形式，在極少情況下由單音詞構成，一般而言，也不如五、七言具有多樣之組合。因此不論從音節形式或意義形式而言，六言詩因爲偶數言之故，無法插入單音詞，所以它的變化大受限制，在發展數量上，無法與五、七言競爭，這也是當然的了。

第三節　六言詩的起源和發展

　　關於六言詩的起源，劉勰《文心雕龍・章句》：「六言、七言，雜出《詩》《騷》，兩體之篇，成於西漢。」〔註 9〕六言單句，最早見於《詩經》。執虞〈文章流別論〉：「六言者，我姑酌彼金罍之屬是也。」〔註 10〕，清人趙翼《陔餘叢考》和魏崧《壹是紀始》並指出《毛詩・小雅》「謂爾遷於王都」「曰予未有室家」，開六言單句之端〔註 11〕。《詩經》〈豳風・九罭〉第四章「是以有袞衣兮，無以我公歸兮，無使我心悲兮。」因爲句尾「兮」字係語氣助詞，嚴格而論應爲五言。到了《楚辭》更大開這種六言句中、句末加「兮」助詞的句法，但因雜以其他言的句子，也不能算是全篇的六言詩。

　　我們根據逯欽立輯校《先秦漢魏晉南北朝詩》，先秦時代的六言詩七首，全爲《左傳》、《國語》、《荀子》等舊籍中的引諺、引語或逸詩。六言詩的眞正產生時期應在西漢，任昉《文章緣起》：「六言詩漢大司農谷永作。」〔註 12〕一說東方朔已有六言，逯欽立輯校漢代六言詩，

〔註 9〕見劉勰《文心雕龍》卷七，〈章句〉第三十四（台南：平平出版社，1974 年 11 月再版），頁 571。
〔註 10〕見《漢魏六朝百三名家集》執虞〈文章流別論〉。
〔註 11〕《陔餘叢考》卷二十三、《壹是紀始》卷九，並有是言。
〔註 12〕見（清）曹融輯《學海類編》，（梁）任昉撰，（明）陳懋仁註《文章緣起註》。

即首列東方朔的「昏樽促席相娛」「計策棄捐不收」兩殘句，[註13]可惜現在都無法完整保留下來。我們根據《後漢書》卷七十下〈班固傳〉云：「固所著典引、賓戲、應譏、詩、賦……六言，在者凡四十一篇。」又卷一百〈孔融傳〉云：「所著頌、碑文、論議、六言……凡二十五篇。」除了看出當時只把四言、騷體、五言看成是詩歌外，六言雖有，但並不十分普遍，而比班固早約四十一年的谷永作六言詩，並非毫無可能。班固的六言詩現在也不傳，今存最早完整的六言詩應爲孔融的〈六言〉三首：

> 其一：
>
> 漢家中葉道微，董卓作亂乘衰。
> 僭上虐下專威，萬官惶布莫違。
> 百姓慘慘心悲。

> 其二：
>
> 郭李分爭爲非，遷都長安思歸。
> 瞻望關東可哀，夢想曹公歸來。

> 其三：
>
> 從洛到許巍巍，曹公憂國無私。
> 減去廚膳甘肥，群僚率從祁祁。
> 雖得俸祿常饑，念我苦寒心悲。

這三首六言詩或五句、或四句、或六句，篇幅長短極自由。在押韻方面，第一首支脂微通押；第二首一、二句用微韻，三、四句轉咍韻；第三首一、三、五句微韻，二、四、六句脂韻，可以說既自由又特殊。

魏時曹丕的〈董逃行〉（五句）、〈黎陽作詩〉（九句）、〈令詩〉（五句），都是奇數句，句句押韻的六言詩。曹植的〈妾薄倖〉爲句句用韻，兩句一換韻的六言詩。嵇康的〈六言詩〉十章，首句沿用楚歌句式，每章五句，亦句句用韻，六言詩發展至此極具特色。（晉）陸機的〈董逃行〉二十五句，五句一換韻，可以說是長篇六言詩的

〔註13〕見逯欽立輯校本《先秦漢魏晉南北朝詩》頁101，今存李善注《文選》四〈蜀都賦〉注和《文選》二十一〈詠史詩〉注。

開始。庾闡有句句押韻，每首四句的〈遊仙詩〉五首。南北朝時六言詩較著名的有江淹的〈山中楚辭〉六首其中第二、五首，昭明太子蕭統的〈貌雪詩〉，梁簡文帝的〈倡樓怨節詩〉，王褒的〈高句麗〉，庾信的〈怨歌行〉、〈舞媚娘〉等，數量和以前一樣不多。不過據《北史》卷四十七〈陽休之傳〉：「休之弟俊之，當文襄時，多作六言歌詞，淫蕩而拙，世俗流傳，名為『陽五伴侶』，寫而賣之，在市不絕，俊之嘗過市，取而改之，言其字誤，賣書者曰：『陽五古之賢人，作此伴侶，君何所之，輕敢議論。』俊之大喜。」從這段記載，我們看出六言詩體，當周齊之世，曾風行一時，可惜現在都不傳。日人小川環樹〈敕勒歌──突厥民歌之漢譯及其對中國詩歌之影響〉一文，﹝註14﹞論「北歌與唐代的抒情詩」曾說：「六言絕句的發展，甚至更與北歌有關。除〈回波樂〉外，尚有許多詩用六言絕句。有一首的時間，可上溯至北齊，這似乎已形成一致的形式。」近人任半塘《唐聲詩》，除糾正小川「有一首六言絕句的時間，可上溯北齊」，這一首指〈突厥三台〉，辭乃七絕，非六言外；還指出〈三台〉得名之由在北齊，〈回波樂〉最早之歌舞傳在北魏，王褒作〈高句麗〉之六言六句在北周，〈輪台〉六言出西北，〈塞姑〉六言出北邊，綜此種種，一部份六言聲詩　與北歌有關，勢所必至。﹝註15﹞大致說來，六言詩在北朝流行過，是可以相信的，後來逐漸散失，可能和它的內容粗俗，隨作隨棄有關。

　　到了唐朝，因為近體格律的成熟和科舉考試的影響，「詩」這種文學體裁蔚為大國，我們從《全唐詩》雖然只找出九十首六言詩，但是六言詩在當時發展的情形，絕對不止於此，是可以想像的。羅宗濤〈敦煌變文中詩歌形式之探討〉一文，曾探討它在變文中使用的情形

﹝註14﹞原載《亞洲學報》1960 年 1 期。後收入小川環樹著《論中國詩》一書，由譚汝謙等譯，1986 年香港中文大學出版。其中〈敕勒歌──中國少數民族詩歌論略〉，即為此文。

﹝註15﹞見《唐聲詩》上編，（上海：上海古籍出版社，1982 年 10 月 1 版 1刷），頁 99～100。

說:「變文中曾用六言句爲詩歌的有三十一篇,其中講史的只占五篇,而且都是短章;講經文不但占二十六篇,而且常有長篇。雖然《陔餘叢考》敘六言詩的源流,溯源於詩、騷,經漢代谷永、唐代王維等人的創作而成形;但從變文看來,六言詩的盛行,恐怕跟佛教有相當的關係。」〔註16〕並舉〈佛說觀彌勒上生兜率天經講經〉爲例說明。變文中的六言詩還有〈太子成道經〉、〈八相變〉、〈難陁出家緣起〉、〈佛說阿彌陀經講經文〉之二、〈妙法連華經講經文〉之二、〈目連緣起〉等。根據王重民〈敦煌變文研究〉一文,統計變文唱詞裡的六言,約占15%的比重。〔註17〕六言詩除了在變文上有相當的影響外,它的句法對賦、詞、散曲、雜劇也有相當的啓發。〔註18〕

在詩歌的表現上,六言一直與五、七言齊頭並進,但由於詩體本身音的缺乏變化,對仗要求工巧,而增加創作困難,因此數量一直不多。到了宋代,洪邁容齋三筆:「予編唐人絕句,得七言七千五百首,五言二千五百首,合爲萬首,而六言不滿四十,信其難也。」〔註19〕嚴長明編輯的《千首宋人絕句》卷十中收錄了四十四家六言絕句詩,共九十八首,不乏名家,如王安石、蘇軾、黃庭堅、秦觀、范成大、姜夔、朱熹等人,也作六言詩。〔註20〕《宋史‧藝文志》六記載:「吳逢道《六言蒙求》六卷。」〔註21〕可見當時還有傳授學習六言詩的書

〔註16〕見羅宗濤等著《中國詩歌研究》,(台北:中央文物供應社,1985年6月版),頁38。

〔註17〕文見《敦煌變文論輯》,(台北:石門圖書公司,1981年10月初版),頁216。

〔註18〕見劉繼才〈論唐代六言近體詩的形成及其影響〉一文,載《文學遺產》1988年2期。本文除了對六言詩的形成發展有全面的探討外,對於六言句法影響詞、曲、雜劇,也作了不少舉證。在六言詩的探討方面,極具參考價值。

〔註19〕見洪邁《容齋三筆》卷十五「六言詩難工」(《筆記小說大觀》,頁1258)

〔註20〕見嚴長明《千首宋人絕句》卷十,(上海:上海書店1987年出版),頁240。

〔註21〕見脫脫《宋史》卷二〇七,(台北:廣文書局,1991年2月7版),頁5301。

籍，可惜書已亡佚。到了明代，李攀龍編有《六言詩選》，楊慎編有《古六言詩》選本的出現，以及重要詩人如楊基、楊士奇、李東陽、何景明、袁宏道、譚元春等都有六言詩傳世，而且不乏佳作。至清六言詩繼續發展，不論在典雅和寫作技巧方面都不斷在進步。但終歸是旁枝末流，不僅數量極少，藝術價值亦不敵五七言正統形式。

　　總而言之，六言詩雖然數量一直很少，但它和四言、五言、七言詩在歷史流傳上始終竝行。作爲一種詩體，雖然它和六句詩一樣微不足道，我們也不應該忽視它的存在的。

第四節　《全唐詩》中的六言詩探討

　　唐朝繼承六朝詩，加以更精鍊的發展，因而各體並備並且定型化。六言詩的發展，到了唐代和其他詩體一樣，達到全盛。我們根據文史哲本《全唐詩》找出 90 首六言詩（作者、篇名、頁數列在附錄三備參），雖然比前代增加很多，但僅占全部唐詩的 0.2%而已，對於這些少量特殊的六言詩，我們分以下四方面探討：

一、作　者

　　以李中六首、武則天五首、劉長卿五首最多，作六言詩的作家大約只有四十餘人，而且每人幾乎只有一、二首見於集中，李、杜等大家未見有作六言體。《後村先生大全集》〈唐絕句續選序〉：「六言尤難工，柳子厚高才，集中僅得一篇，惟王右丞，皇甫補闕所作絕妙。」〔註22〕，《漫堂說詩》：「六言作者寥寥，摩詰文房，偶一爲之，不過詩人之餘技耳。」〔註23〕，最足以說明六言詩作家不多，而且一般人不會認眞去作這種非正體的詩，因此作得好的不多。

〔註22〕見（宋）劉克莊《後村先生大全集》卷九十七，四部叢刊初編本頁839。

〔註23〕見宋犖《漫堂說詩》（丁仲祜編訂《清詩話》，台北：藝文印書館 1971年 10 月初版），頁 3。

二、命題與內容

六言詩由於流傳民間內容比較淺俗，文人學士往往借用它的形式來作嘲笑，因此像李景伯、沈佺期利用〈回波樂〉的曲調諷諫中宗，裴談作六言〈回波詞〉和皇帝開玩笑。開元、天寶間，六言更爲普遍，民間唱六言〈兒郎偉〉，文人學士張說作〈舞馬詞〉，韋應物作〈三台〉、〈調笑〉，劉長卿作〈謫仙怨〉。這些六言曲調，除了〈謫仙怨〉外，大都表現比較風趣歡樂的內容。由於六言曲調有這樣鮮明的特色，因此一般人常誤以爲六言詩的主題與內容就是表現這類戲謔、風趣的感情。《騷壇八略》：「六言詩，摩詰、文房輩偶一爲之，其法大概以風趣爲主，不措意可也。」〔註24〕即是就六言詩內容的風趣諧謔而發。然而我們檢討這些六言詩，固然不乏像〈迴波詞〉「迴波爾時栲栳，怕婦也是大好。外邊只有裴談，內裡無過李老。」〔註25〕、〈江南三台詞〉「揚州橋邊少婦，長安城裡商人。二年不得消息，各自拜鬼求神。」〔註26〕之類用語粗俗，含意直率，風趣開玩笑性質的詩。但它的命題和描寫內容，還是多方面的，我們分別舉例來看：

（一）命題（或形式）方面

1. 樂府題

根據郭茂倩《樂府詩集》所收《全唐詩》中的六言詩，有以下三類：

（1）郊廟歌辭

〈唐享昊天樂〉、〈羽音〉、〈咸和〉、〈顯和〉、〈唐武氏享先廟

〔註24〕轉引自《唐人絕句評注》書後，富壽遜選輯「唐人絕句輯評」，（台北：木鐸出版社，71 年 6 月初版），頁 311。

〔註25〕見文史哲版《全唐詩》頁 9848。「御史大夫裴談，妻悍妒，談畏之如嚴君。時韋庶人頗襲武后之風，中宗漸畏之，內宴互唱迴波詞，有優人云云，后意色自得，以束帛賜之。」這段話原載《本事詩》嘲戲第七。《全唐詩》中除了此首〈迴波詞〉外，還有沈佺期、李景伯所作，一共三首，首句前四字都作「迴波爾時」，筆調比較輕鬆。

〔註26〕見文史哲版《全唐詩》頁 3423，王建〈江南三台詞〉四首其一。

樂章〉（以上五首全係武后所作）、享太廟樂章〈昭和〉、〈章
慶舞〉。

（2）雜曲歌辭

張說〈舞馬詞〉六首、韋應物〈三台〉二首、王建〈宮中三
台〉二首、〈江南三台〉四首〔註27〕

（3）近代曲辭

〈破陣樂詞〉二首、沈佺期〈迴波詞〉、李景伯〈迴波辭〉、
中宗朝優人〈迴波詞〉。

總共有 26 首六言樂府詩，占 28.9%，爲數不少。

2. 以形式上六言為題

六言詩有純就外型上六言爲題者，如王維〈輞川六言〉（即田園
樂七首）、劉禹錫〈酬令狐相公六言見寄〉、白居易〈臨都驛答夢得六
言〉二首、杜牧〈代人寄遠六言〉二首、皮日休〈胥口即事六言〉二
首、韓偓〈六言〉三首、無名氏〈六言詩〉、呂巖〈六言〉等，都於
詩題上顯現出詩的形式是六言。

3. 騷體形式

徐賢妃〈擬小山篇〉

仰幽巖而流盼，撫桂枝以凝想。將千齡兮此遇，荃何爲兮
獨往。

三、四句仿騷體句中加「兮」字。

4. 聯句形式。

〈秋日盧郎中使君平泛舟聯句〉，爲清晝等七人，每人作二句，
共十四句的六言聯句。

5. 一般命題

〔註27〕萬樹《詞律》將雜曲歌辭〈舞馬詞〉、〈三台〉以及近代曲辭〈迴波
詞〉列入詞譜。王力《中國詩律研究》頁512，討論〈三台〉這類作
品時，也說它們只算是新樂府，不是正式的詞。

劉長卿〈尋張逸人居〉、〈送陸澧還吳中〉，李嘉祐〈自田西憶楚州使君弟〉等，大部份的六言詩和五七言詩一樣，都是作這類的命題。

（二）內容方面

六言詩的內容除了風趣諧謔的〈回波詞〉、〈三台詞〉等，用詞比較粗俗，表達比較直率外，大致表現在以下幾方面：

1. 歌功頌德

這種正經嚴肅的六言郊廟歌辭和酒筵戲謔的〈回波詞〉，正好是兩個極端，我們舉武則天的兩首郊廟歌辭來看：

〈顯和〉

顧德有慚虛菲，明祇屢降禎符。

氾水初呈秘象，溫洛薦表昌圖。

玄澤流恩載洽，丹襟荷渥增愉。

〈享先廟樂章〉

先德謙撝冠昔，嚴規節素超吟。

奉國忠誠每竭，承家至孝純深。

追崇懼乖尊意，顯號恐玷徽音。

既迫王公屢請，方乃俯遂群心。

有限無由展敬，尊罍每闋親斟。

大禮虔申典冊，蘋藻敬薦翹襟。

前首作六句，後首作十二句，都是很嚴肅的歌頌詞，和一部分戲謔的六言詩大異其趣。

2. 寫　景

劉長卿〈尋張逸人山居〉

危石纔通鳥道，空山更有人家。

桃源定在深處，澗水浮來落花。

張繼〈山家〉

板橋人渡泉聲，茅簷日午雞鳴。

莫嗔焙茶煙暗，卻喜曬穀天晴。

其他像朱放〈剡山夜月〉、皮日休〈胥口即事六言〉二首、陸龜蒙〈和胥口即事〉、王貞白〈仙巖〉二首等，都是六言寫景詩。

3. 離 別

劉長卿〈送陸澧還吳中〉

瓜步寒潮送客，楊花暮雨沾衣。
故山南望何處，秋草連天獨歸。

韓翃〈送陳明府赴淮南〉

年華近逼清明，落日微風送行。
黃鳥綿蠻芳樹，紫騮躞蹀東城。
花間一杯促膝，煙外十里含情。
應渡淮南信宿，諸侯擁斾相迎。

盧綸〈送萬巨〉

把酒留君聽琴，難堪歲暮離心。
霜葉無風自落，秋雲不雨空陰。
人愁荒村路細，馬怯寒溪水深。
望斷青山獨立，更知何處相尋。

其他像劉長卿〈發越州赴潤州使院留別鮑侍御〉、〈茗溪酬梁耿別後見寄〉、〈蛇浦橋下重送嚴維〉、李嘉祐〈自田西憶楚州使君弟〉、皇甫冉〈小江懷靈一上人〉、〈送鄭二之茅山〉、嚴維〈答劉長卿蛇浦橋月下重送〉、周賀〈送李億東歸〉、無名氏〈六言詩〉、清晝等〈秋日盧郎中使君幼平泛舟聯句〉等，都是作六言的離別詩。

4. 懷 古

徐鉉〈景陽台懷古〉

後主忘家不悔，江南異代長春。
今日景陽台上，閒人何用傷神。

5. 贈 答

劉禹錫〈酬令狐相公六言見寄〉

已嗟別離太遠，更被光陰苦催。

　　吳苑燕辭人去，汾川雁帶書來。

　　愁吟月落猶望，憶夢天明未回。

　　今日便令歌者，唱兄詩送一杯。

李中〈寄楊先生〉

　　仙翁別後無信，應共煙霞卜鄰。

　　莫把壺中秘訣，輕傳塵裏遊人。

　　浮生日月自急，上境鶯花正春。

　　安得一招琴酒，與君共泛天津。

　　其他像郎士元〈寄李袁州桑落酒〉、皇甫冉〈問李二司直所居雲山〉、柳宗元〈奉酬楊侍郎丈因送八叔拾遺戲贈詔追南來諸賓〉二首其二、劉禹錫〈答樂天臨都驛見贈〉、〈再贈樂天〉、〈酬楊侍郎憑見寄〉、白居易〈臨都驛答夢得六言〉二首、杜牧〈代人寄遠六言〉二首、李中〈對酒招陳昭用〉等，都是作六言的贈答詩。

6. 詠　物

李中〈落花〉

　　殘紅引動詩魔，懷古牽情奈何。

　　半落銅台月曉，亂飄金谷風多。

　　悠悠旋逐流水，片片輕黏短莎。

　　誰見長門深瑣，黃昏細雨相和。

薛濤〈詠八十一顆〉

　　色比丹霞朝日，形如合浦箟簹。

　　開時九九如數，見處雙雙頡頏。

　　其他像李中〈燕〉、〈鶯〉等，都是詠物的六言詩。

7. 詠　懷

　　這一類的六言詩大都寓情於景，如：

王維〈田園樂〉七首其五

　　山下孤煙遠村，天邊獨樹高原。

　　一瓢顏回陋巷，五柳先生對門。

呂巖〈六言〉

春暖群花半開，逍遙石上徘徊。

獨攜玉律丹訣，閒踏青莎碧苔。

古洞眠來九載，流霞飲幾千杯。

逢人莫話他事，笑指白雲去來。

其他像王維〈田園樂〉、張繼〈歸山〉、韓翃〈宿甑山〉、〈別甑山〉、李中〈所思〉等，都是詠懷六言詩。

8. 其　他

六言詩除了表現在以上幾方面外，也有寫閨情的，如韓偓〈六言〉三首，舉其中第二首：

一燈前雨落夜，三月盡草青時。

半寒半暖正好，花開花謝相思。

惆悵空教夢見，懊惱多成酒悲。

紅袖不乾誰會，揉損聯娟澹眉。

有寫早朝的，如：馮延巳〈早朝〉

銅壺滴漏初晝，高閣雞鳴半空。

催啓五門金瑣，猶垂三殿簾櫳。

階前御柳搖綠，仗下宮花散紅。

鴛瓦數行曉日，鸞旗百尺春風。

侍臣踏舞重拜，聖壽南山永同。

除此之外，還有幾首題意不是很清楚的六言詩。

大體上說，六言詩在內容方面，以歌頌功德的樂府和寫離別、贈答方面的比較多，尤其是寫離別和贈答佳作也比較多。

三、句數方面

《全唐詩》中的六言詩大都作短篇，句數的情形如下表：

句　數	四　句	六　句	八　句	十　句	十二句	十四句	十六句
首　數	56	2	28	1	1	1	1

以四句最多，其次爲八句，十句以上只有四首，這四首都是歌功頌德的樂府或聯句。從這個統計，說明了六言詩音節板重，不適合作長篇，否則缺乏變化，這個原因造成六言詩不能像五七言詩能夠不受限的表達大小篇幅。同時這些六言詩全都作偶數句，並且大部分隔句押韻，很可能是受到近體詩定型化的影響，因此不像早期六言詩，有利用奇數句（如孔融〈六言〉三首其一、曹丕〈董逃行〉、〈黎陽作詩〉、〈令詩〉、嵇康〈六言詩〉、陸機〈董逃行〉等皆作奇數句。）以造成字偶句奇的變化。六言詩在句數上大都作四句或八句短製，除了它本身受限於句式上的變化外，應該和四句絕句、八句律詩的盛行有極大的關係。

四、押韻和平仄格律方面

《全唐詩》中的 90 首六言詩，只有五首押仄韻，其他全押平韻，而且不像以前的六言詩有句句押韻的情形（曹丕〈董逃行〉、〈黎陽作詩〉、〈令詩〉、曹植〈妾薄倖〉、嵇康〈六言詩〉、庾闡〈遊仙詩〉等，都是句句押韻。）全作隔句押韻，首句入韻的有 25 首，占 27.8%。

在平仄格律方面，到了唐代由於詩人們普遍熟悉近體格律，因此不僅在作不屬於近體句數形式的六句詩時，不知不覺的使用了近體詩的平仄格律，於六言詩的創作上也是如此。僅管六言詩在音節上無法像五、七言詩，可以利用雙平雙仄夾單平單仄，造成音節上的變化，然而六言詩也十分講究黏對。正由於六言詩和五七言近體詩一樣，刻意講究黏對，因此後人對於它屬於古體或近體，有著不同的看法。否定它是近體的人，主要認爲合黏對的六言詩，於黏對和避免孤平孤仄往往不能兩全，純粹以五、七言的平仄黏對和三字尾標準來衡量它，所以六言詩根本不可能有近體的情形，可不予討論。而主張六言詩也有近體的人，所持的標準又都各不相同，因此學術上對於這個問題爭論至今，我們舉四家不同的說法如下：

1. 王力之說

　　王力《中國詩律研究》舉盧綸〈送萬巨〉為例，說明五律七律之外，偶然有六言律的存在﹝註28﹞，但他沒有論述，我們不得更進一步瞭解六言律詩或六言絕句的平仄格式如何。根據〈送萬巨〉這首詩的平仄格律：

把酒留君聽琴　　仄仄平平平平

難堪歲暮離心　　平平仄仄平平

霜葉無風自落　　平仄平平仄仄

秋雲不雨空陰　　平平仄仄平平

人愁荒村路細　　平平平平仄仄

馬怯寒溪水深　　仄仄平平仄平

望斷青山獨立　　仄仄平平仄仄

更知何處相尋　　仄平平仄平平

我們看到這首六言八句詩頷頸兩聯對仗十分工整，但並沒有完全平仄相間，而且只管二、四字中任何一字的黏對，第二、三句失黏，也出現平平平、平仄平等單平仄尾的情況，可見王力對六言近體詩所持的標準並不嚴密。

2. 游子六之說

　　游子六輯《詩法入門》六言體式：「六言者，以二四六字定平仄，其句以二字一轉，或四字一換，六字一事為法，但不能以三字五字為一事一轉，然要字字著實，聲調鏗鏘，或對或散，惟不可以閒散字成句也，此亦詩人賦詠之餘法耳。」﹝註29﹞，至於二四六字如何定平仄，則無說明。

3. 啟功之說

　　啟功《詩文聲律論稿》認為六言律句的句式有十種：平平仄仄平平、仄平平仄平平、平平平仄平平、仄平仄仄平平、仄仄平平仄仄、

﹝註28﹞見王力《中國詩律研究》（台北：文津出版社，1987 年 8 月出版），頁 22、23。

﹝註29﹞見游子六《詩法入門》，（台北：廣文書局，1979 年 6 月再版），頁 35。

平仄平平仄仄、平仄仄平平仄、仄仄平平平仄、平仄平平平仄、仄仄仄平平仄，並訂出合律的六言詩必須平仄相間，而於三字尾的平仄引清人顧蓴《唐賦必以集》中《論賦十則》對四六言音節的看法，主張三字尾不能出現孤平、孤仄、三平、三仄等單平仄尾，並且平聲句的三字腳不宜用仄仄平〔註30〕。

4. 劉繼才之說

劉繼才〈論唐代六言近體詩的形成及其影響〉一文〔註31〕，對啓功六言律句批評說：「如果將啓功先生確定的這些律句，按律詩的平仄要求加以排列，那只能有兩種基本篇式，即平起入韻式和仄起不入韻式。而不可能有平起不入韻式和仄起入韻式，因爲倘若有平起不入韻式，便會在三字腳出現孤平，倘若有仄起入韻式，便會在三字腳出現孤仄。其實，這種要求是不盡合理的。我們知道，一般地說，五言詩是二三式，七言詩是四三式（當然也可再細分爲二二一和二二三式等，但那是另一個問題）。這樣三字腳就形成了一個節奏，所以顯得很重要，既不能有孤平、孤仄，也不能出現三平、三仄，但三音頓的六言詩，往往兩個字是一個節奏，所以只要看兩字腳就可以了，而不應仍用對五七言詩三字腳的要求來衡量六言詩。」

劉文並未訂出兩字腳應如何才算合律，但他對六言近體詩下了個義界：「凡每句六言，每首四句以上偶數句者，隔句用韻，押平聲韻；除首尾兩聯外，中間各聯基本對仗；其平仄基本合律的詩，都可算作六言近體詩。」他進一步解釋所謂基本合律包括兩層含義「一是指在一句之中的平仄可以適當靈活；二是指句與句之間的平仄要求也可以適當放寬，但"靈活"和"放寬"不是毫無限制的，而在二、四字處的"黏""對"卻要嚴格。換言之，每聯之中的"對"和聯與聯之間的"黏"並不要求字字兼顧，但在二、四字處或"黏"或"對"必備其一。」依據這樣的標準，他將《全唐詩》中所收的 75 首六言詩

〔註30〕見啓功《詩文聲律論稿》，（台北：明文書局，1982 年 10 月初版），頁 93～101。
〔註31〕劉文載《文學遺產》1988 年第 2 期。

〔註32〕分成：

　　律式——黏對方面基本合乎近體詩要求的六言近體詩，如劉長卿〈尋張逸人山居〉。

　　對式——只對不黏或對得較好而黏得不夠的六言近體詩，如張說〈舞馬詞〉其一。

　　黏式——句與句之間的平仄基本上只黏不對的六言近體詩，如韓偓〈六言〉三首其一。

　　混合式——有的六言近體詩，雖然也有對有黏，但是無秩序相排列的。如李嘉祐〈自田西憶楚州使君弟〉，這一類六言近體詩，在該黏的地方沒有黏或黏得不緊，該對的地方沒有對，或對得不嚴，而在不該黏對的地方，反而出現了黏對，這類六言近體詩由於平仄的基本要求方面多不合律，所以不把它算作近體詩也可以。

　　他並將這 75 首六言詩分類成下表：

數量 　體別 　　　類別	律　式	對　式	黏　式	混合式	非律式	合　計（75）
六 言 絕 句	15	20		6		41
六 言 律 詩	11	3	1	8		23
六 言 小 律		1				1
六 言 排 律	2			2		4
六 言 仄 韻 詩		1	1	2	1	5
六 言 騷 體 詩					1	1

據他的統計律式共 28 首，占 40.6%，對式 24 首，占 34.8%，黏式 1 首，占 1.4%，混合式 16 首，占 23.2%。

　　對於六言近體詩的說法，我們的看法是實在沒有必要像啓功那樣嚴格訂出六言詩的律句或三字尾，也沒有必要像劉繼才那樣寬泛的將對式、黏式甚至混合式的六言詩也稱爲近體。主要由於這樣的分類不

〔註32〕劉文並未列出所收的是那 75 首，無從與個人所收的 90 首比較差異處。

具意義，也缺乏作用；更何況我們實際檢討《全唐詩》含雙平仄尾的六言詩，發現它們不是失黏對，就是只對不黏；合黏對的六言詩，絕對不可能有三字尾雙平仄的情形，啓功所謂的六言律句和三字尾，就實際詩例，很難成立。至於劉繼才所謂的二字尾，我們實際檢討《全唐詩》合黏對的六言詩，既含相同平仄的二字尾，也含相異平仄的二字尾，恐怕也不可能具體訂出依據的標準。但在六言詩中，的確有不少合乎黏對，或者對而不黏的詩篇，有時候它們不光是二四字中一字合黏對，甚至兩字全合黏對。至於第六字通常只對不黏，主要由於偶句第六字是韻腳，必須用平聲，奇句第六字用仄聲與它相對之後，就絕對不可能又相黏了。我們發現《全唐詩》中的 90 首六言詩，的確有不少像劉繼才所說的律式、對式、黏式的情形，而且它們同時注意二四字的平仄黏對，劉文所稱的「但在二、四字處或"黏"或"對"必備其一。」不知根據什麼而說？下面我們分別看六言詩二四字的黏對情形：

1. 合黏對

張説　〈舞馬詞〉其六

聖君出震應籙　仄平仄仄平仄

神馬浮河獻圖　平仄平平仄平

足踏天庭鼓舞　仄仄平平仄仄

心將帝樂躊躕　平平仄仄平平

劉長卿　〈蛇浦橋下重送嚴維〉

秋風颯颯鳴條　平平仄仄平平

風月相和寂寥　平仄平平仄平

黃葉一離一別　平仄仄平仄仄

青山暮暮朝朝　平平仄仄平平

寒江漸出高岸　平平仄仄平仄

古木猶依斷橋　仄仄平平仄平

明日行人已遠　平仄平平仄仄

空餘淚滴回潮　平平仄仄平平

這樣二、四字皆合黏對的六言詩在《全唐詩》中有 19 首，而且第六字全合乎對，卻不合乎黏。

2. 對而不黏

二、四字合對而不黏的六言詩有 28 首，為數最多，如：

顧況　〈思歸〉

不能經綸大經	仄平平平仄平
甘作草莽閒臣	平仄仄仄平平
青瑣應須長別	平仄平平平仄
白雲漫與相親	仄平仄仄平平

陸龜蒙　〈和胥口即事〉

把釣絲隨浪遠	仄仄平平仄仄
采蓮衣染香濃	仄平平仄平平
綠倒紅飄欲盡	仄仄平平仄仄
風斜雨細相逢	平平仄仄平平
斷岸沈漁羂罟	仄仄平平平仄
鄰村送客艟舸	平平仄仄平平
即事清霜剖野	仄仄平平仄仄
乘閒莫厭來重	平平仄仄平平

3. 黏而不對

二、四字合黏而不合對的有 2 首，如下：

王維　〈田園樂〉七首其三

采菱渡頭風急	仄平仄平平仄
策杖林西日斜	仄仄平平仄平
杏樹壇邊漁父	仄仄平平平仄
桃花源裏人家	平平平仄平平

王建　〈江南三台詞〉四首其一

揚州橋邊少婦	平平平平仄仄
長安城裏商人	平平平仄平平
二年不得消息	仄平仄仄平仄

　　　各自拜鬼求神　　仄仄仄仄平平

　　至於混合式因格律與毫無規律的古體無異，我們就不予討論了。
從合黏對的六言詩 19 首，合對的六言詩 28 首，合黏的六言詩 2 首，
幾占全部六言詩的半數看，這樣的六言詩形式，實在是詩人們有意去
做的。雖然我們覺得六言律句、三字尾之說和只講二、四字間一字的
平仄黏對，沒什麼必要，而且沒什麼道理，但對於《全唐詩》中的六
言詩存在著不算少量二、四字講黏對的情形，卻值得我們提出來說明。

第五節　結　語

　　唐以後作六言詩的人愈來愈少，宋代大詩家王安石、蘇軾、黃庭
堅、陸游等人承襲唐人六言詩風格，也偶然作幾首六言詩，在論文結
尾，我們補充第三節所提到宋代的六言詩，各舉這些大家所作的六言
詩一首如下：

　　王安石　〈題西太一宮壁〉二首其一
　　　草色浮雲漠漠，樹陰落日潭潭。
　　　三十六陂流水，白頭想見江南。

　　蘇軾　〈憶江南寄純如〉五首其一
　　　楚水別來十載，蜀山望斷千重。
　　　畢竟擬爲儋父，憑君說與吳儂。

　　黃山谷　〈次韻石七三六言〉七首其二
　　　生涯一九節筇，老境五十六翁。
　　　不堪上補蕭斅，但可歸教兒童。

　　陸游　〈夏日六言〉四首其二
　　　醉面貪承夕露，釣竿喜近秋風。
　　　借問孤舟何處，深入芙蕖浦中。

　　六言詩發展到宋以後，大致上沒什麼獨特的新變，正如（清）趙
翼《陔餘叢考》：「蓋此體本非天地自然之音，故雖工而終不入大方之

家耳。」〔註33〕因此對六言詩的歷史發展探討至此。至於六言詩的藝
術特色，由於它不如五七言詩在句式上富有變化，但是它兩字一頓的
特殊格調，在字裏行間的抑揚頓挫比較踏實，有時候反而具有五七言
詩所無法達到的特點。劉繼才〈論唐代六言近體詩的形成及其影響〉
一文，於探索六言近體詩的形式特徵及其對後世的影響時指出：

> 六言近體詩的一個特點是，節奏快，具有跳蕩性，便於表
> 現詩人搖動的心性或惆悵的情緒，因此劉長卿所寫的五首
> 六言近體詩就有四首表現送別主題的，還有的是用來表現
> 歡快節奏或動作的，如張說的〈舞馬詞〉等。

同時由於六言詩由兩個字構成一個意義單位，可容量較小，為擴大詩
的意蘊，常用概括性的詞語，或以少總多的白描手法，字詞之間多省
略聯綴詞，常常用名詞來表現人物、場景或意象，由於六言詩具有五
七言詩所沒有的特點，因此它對後來詞、曲、戲劇唱詞的影響是不容
忽視的。其中以對詞的影響最直接，像王建〈三台〉即為詞調，〈何
滿子〉詞為六言小律、〈廣謫仙怨〉為六言律詩，根據龍榆生所編《唐
宋詞格律》一書中，共收常用詞牌 153 個，其中有六言律句的詞牌
91 個，占 58%，假如沒有六言律句，許多詞牌將不復存在。它在元
曲方面的影響，如〈醉高歌〉、〈黑漆駑〉、〈天淨沙〉、〈紅繡鞋〉、〈滿
庭芳〉等曲調中的六言句，幾乎全是律句，元散曲受六言近體詩的影
響，除了在形式上的承繼關係外，在意境和手法上也受到六言近體詩
的薰陶，如馬致遠的〈天淨沙〉，這首小令不僅在意境上很像從盧綸
的〈送萬巨〉中化出，而且連續用十個名詞構成白描圖景的藝術手法，
也顯然受到六言近體詩的啟迪。元明清戲曲的唱詞，也受到六言近體
詩的影響，六言句多是以三字一頓的節奏出現，如明代劉兌〈嬌紅記〉
中〈秋江送〉的一段：「你說起‧千般恨，我擔著‧一擔愁。」、王衡
〈真傀儡〉中〈得勝令〉的一段：「顛倒著‧這衣裳，裝扮的‧不廝

〔註33〕見趙翼《陔餘叢考》卷二十三，（台北：新文豐出版公司 1975 年 11
月初版），頁 4。

象，分明是‧木伴歌‧登場上，身材兒‧止爭些‧短共長。」

六言詩除了與詞、曲、戲劇唱詞有極密切的關係外，又因為四音停和六音停不能在詩篇中占得同五音停和七音停同等的地位，只好向詩的支流「四六賦和四六文」方面，以連合著參錯地相間的形式去發展。〔註34〕我們從傳統詩歌的形式看確是如此，《詩經》以四音停為主，楚辭以六音停為主，按常理「言」的形式應該二字一頓的增加上去，但是六言詩在漢代興起後，一直敵不過五七言單音節的優勢，除了少數以齊言的形式出現外，大部份和四音停的句子結合，遁作賦體，因此我們在漢賦、魏晉六朝俳賦中經常可見到這種四六言組合的文體。到了宋代，文人書中議論流利，屬對精切的四六文，更是常見。

（宋）謝伋《四六談麈》：「四六施於制誥表奏文檄，本以便宣讀，多以四字六字為句。」〔註35〕洪邁《容齋三筆》亦曰：「四六駢儷於文章家為至淺，然上自朝廷命令詔冊，下而縉紳之間，牋書祝疏無所不用。」〔註36〕清人所編的《宋四六話》、《四六叢話》等，即是這類作品的集大成。甚至到了清代，桐城派古文中仍可見到這種四六體。下面我們以張衡的〈歸田賦〉為例：

> 遊都邑以永久，無明略以佐時。徒臨川以羨魚，俟河清乎未期。……於是仲春，時和氣清，原隰鬱茂，百草滋榮。……落雲間之逸禽，懸淵沈之鯊鰡。于時曜靈俄景，係以望舒。……苟縱心於物外，安知榮辱之所如。）

全篇除了最末一句七言外，先作六言，再作四言，又回到六言（中間只雜一句「係以望舒」四言）。這種四六交替形式，後來更加錯綜變化的結合，影響駢體文的興盛，在傳統文學中成為一種極具特色的文

〔註34〕見郭紹虞〈中國文學中的音節問題〉一文頁 58，引劉大白〈中詩外形律詳說〉，載《文學研究叢編》第一輯，（台北：木鐸出版社，1981年 7 月出版）。

〔註35〕見謝伋錄《四六談麈》（台北：台灣商務印書館 1966 年 6 月台一版）頁 1。

〔註36〕見洪邁《容齋三筆》卷八「四六名對」，（筆記小說大觀二十九編，台北：新興書局 1988 年 5 月版）頁 1167。

學形式。

　　總之，六言詩雖因偶數言，缺乏音步節奏的奇偶相生變化，或因要求對仗工巧，而增加創作困難，甚至受到唐代古文運動對四六駢偶華麗文學的反動等種種原因影響，一般文人不太喜歡創作此體而顯得數量極少，寫得好的詩篇又不多，在詩歌史上不像五、七言詩成就之大，但是它的句子形式卻是很優秀的配角，默默地在賦、詞、曲、戲劇中賣力演出。對於六言詩，我們除了有責任將它的歷史發展，全部面貌真實的呈現出來外，更不應忽視它的句式特色在賦、詞、曲、戲劇上所造成的影響；除此之外，我們也看到歷代詩人在詩歌創作上的求新求變，勇於嚐試各種體裁，以抒情寫景。

附 錄 一

《全唐詩》中六句詩作者、篇名、頁數表

以文史哲本《全唐詩》頁數爲主，明倫、粹文堂本頁數亦同

作　者	篇　　名	頁　數
則天皇后	配饗	54
	顯和	56
	武后大享昊天樂章	87
章懷太子	黃台瓜辭	65
蕭　妃	夜夢	69
李　璟	遊後湖賞蓮花	70
		10042
閻朝隱	明月歌	306
崔　液	踏歌詞（二首）	410
董思恭	三婦豔詩	231
		741
盧照鄰	釋疾文三歌（其中一、二首）	520
蘇　頲	昆明池晏坐答王兵部珣三韻見示	797
劉希夷	歸山	883
陳子昂	薊丘覽古贈盧居士藏用七首（第七首缺末二句）	897
	贈趙六貞固二首（其中第一首）	898
	山水粉圖	902
張　說	雜詩四首（其中第一首）	937
王　適	銅雀妓（或作高適詩）	1015
沈佺期	古鏡	1026
王紹宗	三婦豔	1074
元希聲	贈皇甫侍御赴都八首（其二）	1080

張子容	春江花月夜二首	267
		1175
薛　業	洪州客舍寄柳博士芳	1184
王　維	隴西行	239
	扶南曲歌詞五首	1235
	春夜竹亭贈錢少府歸藍田	1238
	送別	1242
	榆林郡歌	1260
	答張五弟	1261
祖　詠	渡淮河寄平一	1331
李　頎	湘夫人	292
	宋少府東谿泛舟	1341
	題僧房雙桐	1347
	粲公院各賦一物得初荷	1347
	李兵曹壁畫山水各賦得桂水帆	1347
	題合歡	1347
儲光羲	獻王威儀	1373
	述華清宮五首	1375
	題太玄觀	1376
	雜詠五首	1376
	田家即事答崔二東皋作四首	1395
王昌齡	古意	1422
	裴六書堂	1433
	太湖秋夕	1433
	失題	1435
	初日	1435
	烏棲曲（或作李端詩）	1436
	城傍曲	1437
	旅次盩厔過韓士別業	10176
	上侍御士兄	10176
常　建	春詞二首	1456
	春詞	1457
李　嶷	少年行三首	1466

劉長卿	龍門八詠	1523
	從軍六首	1523
	月下聽砧	1524
	送丘爲赴上都	1524
	新安送陸灃歸江陰	1576
	弄白鷗歌	1577
顏眞卿	三言擬五雜組二首	1584
蕭穎士	江有楓（其中第八章）	1592
	有竹（其中第三章、第六章）	1593
	江有歸舟三章	1593
	羽山	9971
崔 曙	古意	1599
孟浩然	早梅	1629
李 白	烏夜啼	270
	野田黃雀行	243
		1686
	沐浴子	363
		1709
	鳳凰曲	283
		1710
	春思	1710
	子夜吳歌（春歌、夏歌、秋歌、冬歌）	1711
	秋蒲歌（其中第十首）	1724
	臨路歌	1728
	贈盧司戶	1755
	宿清溪主人	1757
	繫尋陽上崔相渙（其中第二首）	1757
	金陵酒肆留別	1784
	酬宇文少府見贈桃竹書筒	1812
	遊南陽清泠泉	1822
	焦山望寥山	1834
	下涇縣陵陽溪至澀灘	1845
	下陵陽沿高溪三門六刺灘	1845
	友人會宿	1855

	三五七言	1878
	思邊	1882
	送內尋廬山女道士李騰空二首	1884
	上清寶鼎詩二首	1892
韋應物	途中書情寄灃上兩弟因送二甥卻還	1914
	寒食日寄諸弟	1918
	寄恒璨	1920
	送端東行	1935
	暮相思	1957
	憶灃上幽居	1959
	月夜	1964
	悲紈扇	1965
	歎白髮	1969
	灃上與幼遐月夜登西岡玩花	1971
	園亭覽物	1976
	行寬禪師院	1979
	澄秀上座院	1980
	對新篁	1992
	山耕叟	1995
	上方僧	1995
	煙際鐘	1996
	仙人祠	1997
	采玉行	2008
	難言	2009
	易言	2009
	南池宴錢子辛賦得科斗（或作岑參詩）	2009
岑參	先主武侯廟	2043
	文公講堂	2043
	揚雄草玄台	2043
	司馬相如琴台	2043
	嚴君平卜肆	2043
	張儀樓	2043
	昇仙橋	2043
	萬里橋	2044

	石犀	2044
	龍女祠	2044
	石上藤得上字	2049
	酒泉太守席上醉後作	2055
	銀山磧西館	2056
	醉後戲與趙歌兒	2058
	宿蒲關東店憶杜陵別業	2061
張萬頃	東溪待蘇戶曹不至	2111
李康成	江南行	2129
高　適	薊門行五首	310
		2190
	宋中十首	2210
	魯西至東平	2214
	東平路作三首	2214
	苦雪四首（其中一、二、三首）	2215
鄒紹先	湘夫人	292
		2248
王　迥	同孟浩然宴賦	2250
杜　甫	三韻三篇	2333
	巴陵寄李二戶部張十四禮部	2594
錢　起	送張少府	2605
	行路難	2605
	酬王維春夜竹亭贈別	2606
	送楊著作歸東海	2675
	送李協律還東京	2676
	秋館言懷	2676
	新雨喜得王卿書問	2676
	賦得巢燕送客	2676
	題張藍田訟堂	2676
元　結	治風詩（其中至仁二首）	2690
	亂風詩（其中至亂二首）	2692
	補樂歌（其中五莖、六英等三首）	2693
張　繼	褚主簿宅會畢庶子錢員外郎使君（一作韓翃詩）	2723
韓　翃	令狐員外宅宴寄中丞	2726

獨孤及	雨晴後王員外泛後湖得溪字	2766
郎士元	送陸員外赴潮州	2782
	酬二十八秀才見寄	2785
	湘夫人二首	2787
皇甫冉	屏風上各賦一物得攜琴客	2799
	登山歌	2803
	崔十四宅各賦一物得簷柳	2809
	送薛判官之越	2814
	賦得簷燕	2814
	送魏中丞還河北	2815
	賦得越山三韻	2819
	酬楊侍御寺中見招	2830
劉太眞	宣州東峰亭各賦一物得古壁苔	2841
袁傪	東峰亭同劉太眞各賦一物得垂澗藤	2842
崔河	東峰亭各賦一物得嶺上雲	2842
王緯	東峰亭各賦一物得幽怪石	2843
郭澹	東峰亭各賦一物得臨軒桂	2843
高傪	東峰亭各賦一物得林中翠	2844
李岑	東峰亭各賦一物得棲煙鳥	2844
蘇寓	東峰亭各賦一物得寒溪草	2844
袁邕	東峰亭各賦一物得陰崖竹	2844
姚係	京西遇舊識兼送往隴西	2856
顧況	左車二章	2928
	傷子	2932
	初秋蓮塘歸	2934
	烏夜啼（其中第二首）	270
		2940
	龍宮操并序	2941
	悲歌	2942
	稽山道芬上人畫山水歌	2946
	洛陽行送洛陽韋七明府	2949
戎昱	塞下曲（其中一、二、三、四、五首）	3006
竇叔向	寒食日恩賜火	3028
	端午日恩賜百索	3028

朱長文	宿新安江深渡館寄鄭州王使君	3064
	春眺揚州西上崗寄徐員外	3064
戴叔倫	歎葵花	3068
	梧桐	3069
	孤石	3069
	花	3069
	竹	3070
陸長源	答東野夷門雪	3121
盧綸	顏侍御廳叢篁詠送薛存誠	3134
	同吉中孚夢桃源二首	3141
	同暢當詠蒲團	3176
李益	古別離	351
	登長城	3203
	觀回軍三韻	3205
	城西竹園送裴佶王達	3206
	野田行（一作于鵠詩）	3212
		3510
	效古促促曲爲河上思婦作	3213
李端	留別柳中庸	3233
	野亭三韻送錢員外	3233
	旅次岐山得山友書卻寄鳳翔張尹	3233
	九日贈司空文明	3233
	白鷺詠	3235
	與苗員外山行	3235
	早春同庾侍郎題青龍上方院	3235
	病後遊青龍寺	3236
	夜尋司空文明逢深上人因寄晉侍御	3236
	東門送客	3238
	送韓紳卿	3238
	送客東歸	3240
	救生寺望春寄暢當	3240

王　建	江南雜體二首	3363
	春詞	3375
	望夫石	3377
	關山月	3381
	寄遠曲	3384
陸　羽	歌	3492
劉　迥	爛柯山四首	3517
李幼卿	遊爛柯山四首	3518
李　深	遊爛柯山四首	3518
羊　滔	遊爛柯山四首	3519
薛　戎	遊爛柯山四首	3519
謝　勮	遊爛柯山四首	3520
武元衡	送唐次	3546
	秋夜雨中懷友	3546
	望夫石	3546
權德輿	獨酌	3611
	戲和三韻	3618
	郴州換印緘遣之際率成三韻因寄李二兄員外使君	3626
	送韋十二丈赴襄城令韻柳字	3630
	送薛十九丈授將作主簿分司東都賦得春草	3631
	送崔端公赴度支江陵院三韻照字	3642
	送陸太祝赴湖南幕同用送字三韻	3642
	送別同用闊字三韻	3643
	五雜俎	3665
	三婦詩	3667
	渡江秋怨	3671
	玉台體（其中第一首）	3673
楊巨源	烏啼曲贈張評事	270
		3717
		5284
韓　愈	拘幽操	293
	夜歌	3769
	汴州亂二首	3783
	貞女峽	3788
	李員外寄紙筆	3839

柳宗元	獨覺	3946
	雨後曉行獨至愚溪北池	3947
	法華寺西亭夜飲得酒字	3949
	楊白花	361
		3957
	漁翁	3957
劉禹錫	宜城歌	3961
	度桂嶺歌	3962
	拋毬樂詞二首	3964
	送春曲三首	3965
	初夏曲三首	3965
	春日寄楊八唐州二首	3989
	傷我馬詞	4009
張文規	吳興三絕	4134
皇甫松	拋毬樂二首	4154
呂　溫	道州月歎	4175
	風歎	4175
孟　郊	列女操	4177
	遊子吟	4179
	新平歌送許問	4181
	弦歌行	4182
	楚怨	4183
	塘下行	4183
	有所思	4185
	南浦篇	4186
	遣興	4190
	獨愁	4191
	暮秋感思（第二首）	4195
	夷門雪贈主人	4195
	湖州取解述情	4202
	詠懷	4202
	長安羈旅	4204
	春愁	4209
	京山行	4226

	舟中喜遇從叔簡別後寄上時從叔初擢第歸江南郊不從行	4236
	送玄亮師	4247
	送李尊師玄	4247
	送道士	4251
	搖柳	4258
	燭蛾	4260
	借車	4266
	悼亡	4273
	弔李元賓墳	4273
張 籍	寄遠曲	4279
	泗水行	4291
	湖南曲	4292
盧 仝	出山作	4389
李 賀	河南府試十二月樂詞并閏月（其中六月、十一月二首）	4397
	休洗紅	4433
劉 叉	經戰地	4446
	烈士詠	4447
	狂夫	4447
元 稹	和樂天秋題牡丹叢	4488
	代杭人作使君一朝去二首	4503
	酬樂天書後三韻	4588
	答子蒙	4631
	夜別筵	4632
	三泉驛	4632
	通州丁溪館夜別李景信三首	4633
白居易	祇役駱口因與王質夫同遊秋山偶題三韻	4714
	聽彈古淥水琴曲名	4715
	夏日	4727
	小池二首	4748
	朱藤杖紫驄吟	4755
	桐樹館重題	4756
	思竹窗	4756
	枯桑	4757

	板橋路	4946
	代謝好妓答崔員外	4947
	寄李蘇州兼示楊瓊	4948
	九江北岸遇風雨	4952
	題孤山寺山石榴花示諸僧眾	4958
	經㵑洧	4977
	醉題沈子明壁	4979
	崔十八新池	4993
	席上答微之	4999
	留題郡齋	5007
	汎小輪二首	5015
	蘇州柳	5028
	過敷水	5039
	臨都驛送崔十八	5079
	不准擬二首	5099
	問支琴石	5135
	三月晦日晚聞鳥聲	5147
	種柳三詠	5160
	題龍門堰西澗	5171
	長齋月滿寄思黯	5181
	自解	5199
	對酒有懷寄李十九郎中	5211
	閒樂	5213
	閏九月九日獨飲	5226
楊　衡	盧十五竹亭送姪侗歸山	5279
	宿陸氏齋賦得殘燈詩	5280
	江陵送客歸河北	5283
	長門怨	5285
	吳李象	5285
	宿雲溪觀賦得秋燈引送客	5285
劉言史	春過趙墟	5324
長孫佐輔	南中客舍對雨送故人歸北	5333
雍裕之	五雜組	5348
李　涉	山中	5424
	山中五無奈何（詩一首見本集，題止山中二字）	9984

李 廓	猛士行	5547
鮑 溶	隋宮	5504
	首夏	5514
	送僧之宣城	5514
	宣城北樓昔從順陽公會於此	5514
	東高峰	5515
	禪定寺經院	5515
	弄玉詞二首（其中第二首）	5516
	採蓮曲二首（其中第一首）	278
		5526
	隴頭水	5527
	晚山蟬	5528
	題禪定寺集公竹院	5530
	得僧書	5533
	暮春戲贈樊宗憲	5534
	鸑雛	5535
	秋暮八月十五夜與王璠侍御賞月因愴遠離聊以奉寄（或作鮑防詩）	3485
		5536
施肩吾	古別離二首（其中第一首）	5585
姚 合	街西居三首（其中第二、三首）	5660
	題金州西園九首	5672
	杏溪十首	5673
張 祜	西江行	5795
	湏川寺路	5795
	夜雨	5795
	秋晚途中作	5795
		276
	拔蒲歌	5795
杜 牧	重送	5947
	送王侍御赴夏口座主幕	5957
	雪晴訪趙嘏街西所居三韻	5961
	池州廢林泉寺	5967
	還俗老僧	5974

	斫竹	5974
	台城曲二首	5977
	芭蕉	6008
許 渾	洛陽道中	6073
李商隱	代贈	6151
	無題	6159
	春風	6175
	贈荷花	6200
	代越公房妓嘲徐公主	6201
	代貴公主	6202
	效長吉	6225
祝元膺	送高邃赴舉	6309
馬 戴	下第寄友人	6443
	離夜二首	6443
薛 能	柘枝詞三首	6476
李 節	贈釋疏言還道林寺詩（其中第二首）	6555
李羣玉	醒起獨酌懷友	6584
賈 島	枕上吟	6621
	送集文上人遊方	6628
溫庭筠	俠客行	333
		6711
劉 駕	反賈客樂	6775
	唐樂府十首并序（其中送征夫、弔西人、祝河水、崑山、獻觴等五首）	6776
	鄰女	6778
	醒後	6782
	久客	6784
李 頻	宋少府東溪泛舟	6843
曹 鄴	捕漁謠	6861
	贈道師	6869
	南征怨	6875
	放歌行	6876
	洛原西望	6877
	對酒	6878

司馬扎	感螢	6902
鄭　愚	茶詩	6910
陳　琡	別僧	6912
于　濆	野蠶	6926
	述己歌	6926
	遼陽行	6927
	贈太行開路者	6931
	秦富人（又作羅隱詩）	6933
許　棠	送友人歸江南（又作聶夷中詩）	6991
邵　謁	放歌行	6992
	輕薄行	6996
	白頭吟	6997
皮日休	喜鵲	7022
陸龜蒙	惜花	7132
	鳴雁行	337
		7133
	挾瑟歌	423
		7133
	井上桐	7227
	門前路	7227
聶夷中	雜怨（其中第二首）	7295
	大垂手	7296
	燕台二首（其中第二首）	7296
	公子行二首（其中第二首）	7297
李咸用	空城雀	7384
羅　隱	江南別	7621
唐彥謙	樊登見寄四首	7676
韓　偓	早起五言三韻	7793
	江行	7813
	半夜	7842
吳　融	杏花	7880
	壁畫折竹雜言	7901
孫　偓	寄杜先生詩	7905
黃　滔	賈客	8094

蘇 拯	水旱禱	8250
賈 馳	秋入關	183
		8233
徐 鉉	拋毬樂辭二首	8578
楊希望	詠琴	8727
	詠笙	8727
陳 述	歎美人照鏡	8733
唐 暄	還渭南感舊（或作悼妻詩）	8737
		9796
顏眞卿等	五言重送橫飛聯句	8884
清晝等	恨意聯句	8937
張夫人	古意	8985
劉 雲	婕妤怨	259
		9010
張 琰	短歌行（亦作銅雀台）	219
		9012
		9017
	春詞二首	9012
葛鴉兒	古意曲	9015
廉 氏	峽中即事	9015
田 娥	攜手曲	366
		9016
	長信宮	9016
薛 濤	江月樓	9045
拾 得	詩	9017
	詩	9018
皎 然	春酬袁使君送陸濡郡迴期道寺院	9194
	感興贈烏程李明府伯宜兼簡諸秀才	9197
	出遊	9204
	集湯評事衡湖上望微雨	9211
	送崔判官還揚子	9219
	春酬袁使君西樓餞秦山人與書同赴李侍御招三韻	9219

缺作者姓名	凱安	91
	壽和	140
	雍和	140
	武舞作	144
	回紇	388
	得體歌	423
	得寶歌（又作崔成甫翻得寶歌）	423
	王昭君	8864
	蓮葉二客詩二首	9722
	白田獺魅別村女詩	9818
	胡志忠題戶	9820
	汴州人歌	9898

附 錄 二

《全唐詩》中雜言六句詩選錄十七首

雜曲歌辭商調曲　〈回紇〉

曾聞瀚海使難通，幽閨少婦罷裁縫。

緬想邊庭征戰苦，誰能對鏡治愁容。

久戍人將老，須臾變作白頭翁。

〈榆林郡歌〉　王維

山頭松柏林，山下泉聲傷客心。

千里萬里春草色，黃河東流流不息。

黃龍戍上游俠兒，愁逢漢使不相識。

〈答張五弟〉　王維

終南有茅屋，前對終南山。

終年無客常閉關，終日無心常自閒。

不妨飲酒復垂釣，君但能來相往還。

〈野田黃雀行〉　李白

遊莫逐炎洲翠，棲莫近吳宮燕。

吳宮火起焚巢窠，炎洲逐翠遭網羅。

蕭條兩翅蓬蒿下，縱有鷹鸇奈若何。

〈宿蒲關東店憶杜陵別業〉　岑參

關門鎖歸客，一夜夢還家。

月落河上曉，遙聞秦樹鴉。

長安二月歸正好，杜陵樹邊純是花。

〈江南行〉　李康成
　楊柳青青鶯欲啼，風光搖蕩綠蘋齊，金陰城頭日色低。
　日色低，情難極，水中鳧鷖雙比翼。

〈烏夜啼〉　顧況
　月出江林西，江林寂寂城鴉啼。
　昔人何處爲此曲，何人何處聽不足。
　城寒月曉馳思深，江上青草爲誰綠。

〈效古促促曲爲河上思婦作〉　李益
　促促何促促，黃河九回曲。
　嫁與棹船郎，空床將影宿。
　不道君心不如石，那教妾貌長石玉。

〈望夫石〉　王建
　望夫處，江悠悠。
　化爲石，不回頭。
　上頭日日風復雨，行人歸來石應語。

〈楊白花〉　柳宗元
　楊白花，風吹渡江水。
　坐令宮樹無顏色，搖蕩春光千萬里。
　茫茫曉日下長秋，哀歌未斷城鴉起。

〈送春曲〉三首　劉禹錫
　春向晚，春晚思悠哉。
　風雲日已改，花葉自相催。
　漠漠空中去，何時天際來。
　春已暮，舟舟如人老。
　映葉見殘花，連天是青草。
　可憐桃與李，從此同桑棗。
　春景去，此去何時回。
　遊人千萬恨，落日上高台。
　寂寞繁花盡，流鶯歸莫來。

〈席上答微之〉　白居易

　我住浙江西，君去浙江東。
　勿言一水隔，便與千里同。
　富貴無人勸君酒，今宵為我盡杯中。

〈隴頭水〉　鮑溶

　隴頭水，千古不堪聞。
　生歸蘇屬國，死別李將軍。
　細響風凋草，清哀雁落雲。

〈雪晴訪趙嘏街西所居三韻〉　杜牧

　命代風騷將，誰登李杜壇。
　少陵鯨海動，翰苑鶴天寒。
　今日訪君還有意，三條冰雪獨來看。

〈婕妤怨〉　劉雲

　君恩不可見，妾豈如秋扇。
　秋扇尚有時，妾身永微賤。
　莫言朝花不復落，嬌容幾奪昭陽殿。

附 錄 三

《全唐詩》中六言詩作者、篇名、頁數表

以文史哲本《全唐詩》頁數爲主，明倫、粹文堂本頁數亦同。

作　　者	篇　　名	頁　數
武則天	唐享昊天樂	52
	唐明堂樂章・羽音	55
	唐大饗拜洛樂章・咸和	55
	唐大饗拜洛樂章・顯和	56
	唐武氏享先廟樂章	57
徐賢妃	擬小山篇	59
張　　說	破陣樂詞二首	981
	舞馬詞六首	981
沈佺期	回波詞	1054
李景伯	回波辭	1078
王　　維	田園樂七首（第六首桃紅含宿雨一作皇甫冉閒居）	1305
劉長卿	尋張逸人山居	1555
	發越州赴潤州使院留別鮑侍御	1556
	送陸澧還吳中（一作李嘉祐詩）	1556
	苕溪酬梁耿別後見寄	1556
	蛇浦橋下重送嚴維	1556
韋應物	三臺二首	2009
李嘉祐	自田西憶楚州使君弟	2167

張　繼	山家（或作顧況詩過山農家）	2725
	歸山（或作顧況詩）	2725
韓　翃	宿甑山	2756
	別甑山	2757
	送陳明府赴淮南	2757
郎士元	寄李袁州桑落酒	2787
皇甫冉	小江懷靈一上人	2815
	送鄭二之茅山	2819
	問李二司直所居雲山	2820
劉方平	擬娼樓節怨	2839
嚴　維	答劉長卿蛇浦橋月下重送	2924
顧　況	思歸	2963
盧　綸	送萬巨	3129
王　建	宮中三臺詞二首	3423
	江南三臺詞四首	3423
朱　放	剡山夜月	3541
權德輿	雜言和常州李員外副使春日戲題十首其七	3671
柳宗元	奉酬楊侍郎丈因送八叔拾遺贈詔追南來諸賓二首其二	3933
劉禹錫	酬令狐相公六言見寄	4009
	答樂天臨都驛見贈	4010
	再贈樂天	4010
	酬楊侍郎憑見寄	4010
白居易	臨都驛答夢得六言二首	5047
周　賀	送李億東歸（一作溫庭筠詩）	5733
杜　牧	代人寄遠六言二首	5985
皮日休	胥口即事六言二首	7106
陸龜蒙	和胥口即事二首	7231
韓　偓	六言三首	7839
王貞白	仙巖二首	8065
馮延巳	早朝	8415

李　中	所思	8513
	落花	8520
	燕	8520
	鶯	8520
	寄楊先生	8542
	對酒招陳昭用	8543
徐　鉉	景陽台懷古	8554
清書等人	秋日盧郎中使君幼平泛舟聯句一首	8937
薛　濤	詠八十一顆	9036
子　蘭	秋日思舊山	9287
呂　巖	六言	9702
李　眞	丈人山詩	9728
崔日用	又賜宴歌	9849
韓　滉	判僧雲晏五人聚賭喧諍語	9892
無作者姓名	享太廟樂章・昭和	128
	漢宗廟樂舞詞・章慶舞	158
	六言詩	8865
	迴波詞	9848

參考書目

一、史書類

1. 《後漢書》，宋·范曄撰，台北：鼎文書局，1975 年 10 月初版。
2. 《南齊書》，梁·蕭子顯撰，台北：鼎文書局，1980 年 3 月 3 版。
3. 《梁書》，唐·姚思廉撰，台北：鼎文書局，1975 年 1 月台 1 版。
4. 《南史》，唐·李延壽撰，台北：鼎文書局，1976 年 11 月初版。
5. 《北史》，唐·李延壽撰，台北：鼎文書局，1976 年 11 月初版。
6. 《隋書》，唐·魏徵撰，台北：鼎文書局，1975 年 3 月初版。
7. 《舊唐書》，宋·劉昫等撰，台北：鼎文書局，1976 年 10 月初版。
8. 《新唐書》，宋·歐陽修撰，台北：鼎文書局，1976 年 10 月初版。
9. 《宋史》，元·脫脫撰，台北：鼎文書局，1991 年 2 月 7 版。

二、詩文集類

1. 《毛詩鄭箋》，漢·鄭玄箋，台北：新興書局，1973 年 9 月版。
2. 《楚辭十七卷》，台北：台灣商務印書館，商務四部叢刊初編。
3. 《昭明文選》，梁·蕭統撰，台北：東華書局，1972 年 7 月台 3 版。
4. 《玉臺新詠》，陳·徐陵輯，台北：文光圖書公司，1972 年 6 月再版。
5. 《樂府詩集》，宋·郭茂倩編撰，台北：里仁書局，1984 年 9 月版。
6. 《漢魏六朝百三名家集》，明·張溥輯，台北：松柏出版社，1964 年 8 月 1 版。
7. 《古今謠諺》，明·楊慎著，台北：台灣商務印書館，1976 年 11 月台 1 版。

8. 《全唐詩》，清聖祖御定，台北：文史哲出版社，1987 年 12 月版。

9. 《宋詩鈔》，清・呂留良、吳之振、吳爾堯等編，台北：世界書局，1962 年 2 月初版。

10. 《唐詩三百首詳析》，喻守眞編，台北：台灣中華書局編，1983 年 1 月台 19 版。

11. 《先秦漢魏晉南北朝詩》，逯欽立輯校，台北：學海出版社，1984 年 5 月初版。

12. 《三韻詩三百首》，陳香選輯，台北：台灣商務印書館，1984 年 10 月初版。

13. 《千首宋人絕句》，嚴長明輯，上海：上海書店 1987 年出版。

三、別集類

1. 《王安石全集》，宋・王安石撰，台北：河洛圖書出版社，1974 年 10 月台景印初版。

2. 《蘇文忠公詩集》，宋・蘇東坡著、紀文達評，台北：宏業書局，1969 年 6 月版。

3. 《蘇東坡全集》，宋・蘇軾撰，台北：河洛圖書出版社，1975 年 9 月台景印初版。

4. 《黃山谷詩集》，宋・黃山谷撰，上海：世界書局，1936 年 6 月初版。

5. 《陸放翁全集》，宋・陸游撰，台北：世界書局，1961 年 1 月初版。

6. 《後村先生大全集》，宋・劉克莊撰，台北：台灣商務印書館，四部叢刊初編。

四、詩話或詩文評類

（一）工具類

1. 《詩論分類纂要》，朱任生編著，台北：台灣商務印書館，1971 年 8 月初版。

2. 《百種詩話類編》，臺靜農編，台北：藝文印書館，1974 年 5 月初版。

（二）詩話集類

1. 《歷代詩話》，何文煥編訂，台北：藝文印書館，1971 年 2 月 3 版。

　　（1）梁・鍾嶸《詩品》。

　　（2）元・楊載《詩法家數》。

　　（3）宋・嚴羽《滄浪詩話》。

2. 《續歷代詩話》，丁仲祜編訂，台北：藝文印書館，1974 年 4 月 3 版。

    （1）唐·孟棨《本事詩》。

    （2）唐·吳兢《樂府古題要解》。

    （3）明·楊慎《升菴詩話》十四卷。

    （4）明·王世貞《藝苑卮言》八卷。

    （5）明·陸時雍《詩鏡總論》一卷。

3. 《清詩話》，丁仲祜編訂，台北：藝文印書館，1971 年 10 月初版。

    （1）王夫之《薑齋詩話》。

    （2）馮班《鈍吟雜錄》。

    （3）王士禎等《師友詩傳錄》。

    （4）王士禎等《師友詩傳續錄》。

    （5）趙執信《聲調譜》。

    （6）翟翬《聲調譜拾遺》。

    （7）宋犖《漫堂說詩》。

    （8）汪師韓《詩學纂聞》。

    （9）沈德潛《說詩晬語》。

    （10）錢木庵《唐音審體》。

    （11）李重華《貞一齋詩說》。

    （12）施補華《峴傭說詩》。

（三）其他詩話或詩文評類

1. 《文心雕龍》，梁·劉勰撰，台南：平平出版社，1974 年 11 月再版。

2. 《容齋隨筆》，宋·洪邁撰，台北：大立出版社，1981 年 7 月景印初版。

3. 《詩法源流》，元·傅與礪撰，台北：廣文書局，1973 年版。

4. 《詩藪》，明·胡應麟撰，台北：廣文書局，1973 年版。

5. 《唐音癸籤》，明·胡震亨撰，上海：上海古籍出版社，1981 年 5 月 1 版 1 刷。

6. 《圍爐詩話》，明·吳喬撰，台北：廣文書局，1969 年 9 月初版。

7. 《聲調四譜》，清·董文渙輯，台北：廣文書局，1974 年 3 月初版。

8. 《柳亭詩話》，清·宋長白撰，台北：廣文書局《古今詩話叢編》，1971 年 9 月初版。

9. 《陔餘叢考》，清‧趙翼撰，台北：新文豐出版公司，1975 年 11 月初版。

10. 《詩法易簡錄》，清‧李瑛撰，台北：蘭台書局，1969 年 10 月初版。

五、文學史或詩歌史類

1. 《中國文學發達史》，台北：中華書局編，1973 年 4 月台 4 版。

2. 《漢魏六朝樂府文學史》，蕭滌非撰，北京：北京人民文學出版社，1984 年版。

3. 《中國文學史》，葉慶炳著，台北：台灣學生書局，1974 年 9 月學 3 版。

4. 《中國詩歌流變史》，李曰剛著，台北：文津出版社，1987 年 2 月版。

5. 《中國詩詞發展史》，藍田出版社，未註出版時、地。

六、詩論或詩律專書及論文

（一）專書

1. 《詩賦詞曲概論》，丘瓊蓀著，北京：中華書局，1934 年 3 月初版。

2. 《中國之美文及其歷史》，梁啓超撰，台北：台灣中華書局，1956 年台 1 版。

3. 《詩體釋例》，胡才甫著，台北：台灣中華書局，1948 年版。

4. 《中國文學之聲律研究》，王忠林著，台灣師範大學，1963 年 12 月初版。

5. 《律詩研究》，簡明勇著，台北：嘉新水泥公司文化基金會，1969 年 8 月初版。

6. 《學詩之門》，台北，江南出版社，1971 年 5 月版。

7. 《古詩論律詩論》，洪爲法著，台北：經氏出版社，1976 年 2 月初版。

8. 《漢魏六朝詩論叢》，余冠英撰，收入《中古文學概論》等五書，台北：鼎文書局，1977 年 2 月初版。

9. 《詩法入門》，游子六輯，台北：廣文書局，1979 年 6 月再版。

10. 《龍蟲並雕齋文集》，王力撰，北京：中華書局，1980 年 1 月 1 版 1 刷。

11. 《古典詩律史》，徐青著，西寧：青海人民出版社，1980 年 1 版。

12. 《唐人絕句研究》，黃盛雄著，台北：文史哲出版社，1979 年 7 月初版。

13. 《詩文聲律論稿》，啓功撰，台北：明文書局，1982 年 10 月初版。

14. 《唐聲詩》，任半塘撰，上海：上海古籍出版社，1982 年 10 月 1 版 1 刷。

15. 《唐詩鑒賞辭典》，上海：上海辭書出版社，1983 年 12 月 1 版 1 刷。

16. 《異體詩舉隅》，陳香撰，台北：台灣商務印書館，1985 年 2 月初版。

17. 《中國詩歌研究》，羅宗濤等著，台北：中華文化復興運動推行委員會主編，中央文物供應社發行，1985 年 6 月版。

18. 《羅根澤古典文學論文集》，羅根澤著，上海：上海古籍出版社，1985 年 7 月 1 版 1 刷。

19. 《論中國詩》，小川環樹著，潭汝謙等譯，香港中文大學，1986 年版。

20. 《七絕詩論、七絕詩話合編》，邵祖平編著，成都：巴蜀書社，1986 年 4 月 1 版 1 刷。

21. 《唐詩綜論》，林庚著，北京：北京人民出版社，1987 年 1 版。

22. 《中國詩律研究》，王力撰，台北：文津出版社，1987 年 8 月版。

23. 《唐詩百話》，施蟄存著，上海：上海古籍出版社，1988 年 4 月 1 版 1 刷。

（二）單篇論文

1. 〈唐代科舉制度與五言詩的關係〉，施子愉撰，《東方雜誌》40 卷 8 號，1944 年 4 月。

2. 〈七言詩形式的發展和完成〉，王運熙撰，《復旦學報》，1956 年 2 期。

3. 〈六朝律詩之形成〉上、下，高木正一著、鄭清茂譯，《大陸雜誌》13 卷 9～10 期，1956 年 11～12 月。

4. 〈唐代以前詩歌形式的演變〉，羅錦堂撰，《文學世界》37 卷，1963 年 3 月。

5. 〈絕句是怎樣來的〉，孫楷第撰，收入《滄州集》下，北京：中華書局，1965 年 12 月 1 版 1 刷。

6. 〈樂府小詩與五絕〉，黃盛雄撰，《台中師專學報》第 5 期，1975 年 6 月。

7. 〈影響詩詞曲的節奏要素〉，曾永義撰，《中外文學》4 卷 8 期，1976 年 1 月。

8. 〈唐代述要〉，杜松柏撰，《中國詩》7 卷 3 期，1976 年 9 月。

9. 〈近體詩首句用韻問題〉，林雙福撰，《幼獅月刊》48 卷 3 期，1978 年 9 月。

10. 〈論宮體詩〉，洪順隆撰，《文藝復興》卷 100～102，1979 年 3～5

月。

11. 〈論北朝樂府民歌〉，陳進波撰，《蘭州大學學報》，1981 年 2 月。

12. 〈論中國文學中的音節問題〉，郭紹虞撰，《文學研究叢編》第一輯，
    台北：木鐸出版社，1981 年 7 月版。

13. 〈五律三論〉，童鷹九撰，《嘉義師專學報》第 12 期，1982 年 5 月。

14. 〈彌天法律細談詩〉，簡錦松撰，《中外文學》11 卷 9 期，1983 年 2
    月。

15. 〈漢魏晉南北朝絕句探源〉，李長路撰，《北京師範大學學報》，1983
    年 5 期。

16. 〈排律起源考〉，洪順隆撰，《大陸雜誌》67 卷 1 期，1983 年 7 月。

17. 〈論宮體詩〉，商偉撰，《北京大學學報》，1984 年 4 期。

18. 〈詩經與詩律——詩律探原之一〉，支菊生撰，《天津師大學報》。

19. 〈論宮體詩的問題〉，胡念貽撰，收入《關於文學遺產的批判繼承》，
    長沙：岳麓書社，1984 年 6 月 2 版 1 刷。

20. 〈唐代近體詩用韻通轉現象之探討〉，耿志堅撰，《中華學苑》29 期，
    1984 年 6 月。

21. 〈四行的世界——從言談分析看絕句的結構〉，曹逢甫撰，《中外文
    學》13 卷 8 期，1985 年 1 月。

22. 〈柳宗元漁翁詩的兩個問題〉，姚榮松撰，《古典文學》第八集，1986
    年 4 月。

23. 〈從詩歌發展史立場看絕截律半說〉，李立信撰，《古典文學》第九
    集，1987 年 4 月。

24. 〈範型更替：古代詩體的演變與進化〉，陳一舟撰，《鄭州大學學報》，
    1987 年 4 月。

25. 〈唐詩演進規律性爭議——線點面綜合效應，開放性演進的構想〉，
    趙昌平撰，《文學遺產》，1987 年 6 月。

26. 〈論五言律詩的形成〉，吳小平，《文學遺產》，1987 年 6 月。

27. 〈淺談絕句語言的通俗性及成因〉，孫金濤撰，《河北大學學報》，1988
    年 2 期。

28. 〈論唐代六言近體詩的形成及其影響〉，劉繼才撰，《文學遺產》，1988
    年 2 期。

29. 〈古代詩體演變的基本傾向——格律化〉，支菊生撰，《天津師大學
    報》，1988 年 2 期。

30. 〈有關永明聲律說的幾段歷史記載之剖析〉，王靖婷撰，《東海中文

學報》第 8 期，1988 年 8 月。

31. 〈中國語言文字對詩歌的影響〉，高友工撰，《中外文學》18 卷 5 期，1989 年 8 月。

七、韻書及其他

（一）韻　書

1. 《重校宋本廣韻附索引》，台北：廣文編譯所編，1969 年 10 月 3 版。

2. 《增廣詩韻集成》，台北：文化圖書公司印行，1978 年 5 月再版。

（二）其　他

1. 《四六叢話》，清·孫梅撰，台北：世界書局，1962 年 2 月版。

2. 《宋四六話》，清·彭元瑞撰，台北：廣文書局，1971 年 4 月初版。

3. 《索引本詞律》，清·萬樹撰，懶散道人索引，台北：廣文書局，1971 年 9 月初版。

4. 《古代漢語》，王力著，台北：友聯出版社，未註出版年月。

5. 《中國駢文史》，劉麟生著，台北：台灣商務印書館，1980 年 8 月台 5 版。

6. 《敦煌變文論輯》，台北：石門圖書公司編，1981 年 10 月初版。

7. 《駢文學》，張仁青著，台北：文史哲出版社，1984 年 3 月版。

8. 《世說新語箋疏》，余嘉錫撰，台北：華正書局，1984 年 9 月版。

9. 《敦煌遺書論文集》，王有三撰，台北：明文書局，1985 年 6 月初版。